甘くとろける恋のディテール

水上ルイ

幻冬舎ルチル文庫

CONTENTS ✦目次✦

甘くとろける恋のディテール

✦カバーデザイン=吉野知栄(CoCo.Design)

✦ブックデザイン=まるか工房

イラスト・麻々原絵里依✦

甘くとろける恋のディテール

丘崎光太郎

「光太郎《こうたろう》ちゃん、二時半になったら出発するから。プレゼンボード、もうできてるよね？」

耳元でいきなり言われて、オレは飛び上がる。

慌てて振り向くと、そこにいたのは鴨田《かもた》さん。オレがバイトをしているこのデザイン会社で働くデザイナーだけど……彼にはいろいろと問題があって……。

「え、ちょっと待ってください」

オレは焦りながら携帯を開き、予定でびっしり埋まったスケジュールページを開く。

「今日のプレゼンは、午後五時からですよね？」

「ええ？　言ってなかったっけ？　予定、早まったんだよねえ。三時からに」

しらっと言われて、オレは激しい眩暈《めまい》を覚える。だけどただのアルバイトが、正社員のデザイナーに口答えできるわけがない。オレは壁の時計で時間を確認しながら、

「わかりました。出発まであと一時間ありますよね。それまでに仕上げます」

「頼むよ。あ……もちろん今回も、それは僕が作ったってことで。よろしくねぇ」

彼は分厚い手でオレの肩をポンと叩《たた》いて、ドアのほうに向かう。そこで振り返って、

「出発の十分前くらいに戻ってくるから、それまでによろしく。ああ、ちゃんとスーツに着替えておいてよ。そんな格好じゃ行けないよ」

「鴨田さん、どこに……」

最後くらい手伝ってくれるんじゃないかと期待してたオレは、思わず言うけれど……。

「下のムーンバックスで、お茶してる。昨夜は電伯堂の接待があって午前様だったから、もう眠くて眠くて」

彼は大あくびをしながら部屋を出て行く。オレは、周囲に聴こえないようにそっとため息をつく。

……まあ、美大生のバイト生活なんて、こんなもんか。

オレの名前は丘崎《おかざき》光太郎。二十歳。東京都内にある武蔵川美術大学、デザイン学科の三年生。学科の必修科目の単位はほとんど取れたし、来年は卒業制作、そしてその次は就職。将来はどこかのデザイン事務所に入れればと思ってる。

大学の先輩から、「就職難だから今のうちに業界とのつながりを作ったほうがいい」って言われて、今までやってた居酒屋のアルバイトを辞め、デザイナーのアシスタントのアルバイトに応募した。不況のせいもあってか希望者が殺到していてかなりの難関だったんだけど、なんとか採用通知をもらえた。仕事も覚えられるし、デザイン事務所で働いておけば就職活

動の時にも箔《はく》がつくかも……と思ったんだけど……。

……そんなの、甘かった。

オレはPCのモニター画面に向き直り、制作途中のプレゼンボードの仕上げに入る。

プレゼンボードっていうのは、企業で行われるプレゼンテーションで使うイラストボードのこと。製品のコンセプトを示すために作る、わかりやすいカタログみたいなものだ。たいていは雑誌のグラビアや撮影してきた写真画像をコンピュータに取り込み、それを組み合わせてコンセプトや提案したいシーンを表現する。プリントアウトしたものをイラストボートに貼り付け、それを見せながら、「この製品のターゲットはこういう層で、彼らにはこういうコンセプトを提案したい」という感じにプレゼンテーションをするんだ。一社に与えられたプレゼンテーションの時間は本当に短いから、その時間内で簡潔に説明し、クライアントになる会社に「このコンセプトなら大金を払ってプロジェクトにする価値はある」と思わせなくてはいけない。だから説明の補助になるプレゼンボードはわかりやすく、しかも目を引く美しさを持っていないといけないんだ。

……しかも……。

オレはデスクの脇《わき》に置かれたメモの山を横目で見て、またため息。思いつきで変更を加えてくる鴨田さんのおかげで、何度も修正することになった。だいたいはできているけど……まだ指定箇所を直してプリントアウトし、ボードに貼らなくちゃいけない。

……しかも……鴨田さんのために、プレゼンで発表する時のための脚本まで書かなくちゃいけないなんて……。

オレの上司になった鴨田登《のぼる》さん——三十二歳——は、この業界では一応名前の知られたデザイナー。何年か前に彼がパッケージを手がけたチョコレート『POW』が大ヒットした。たしかに格好いいパッケージだったし、才能のある人だとは思うんだけど……今の彼は、作品作りよりもマスコミへの露出ばかりを考えてるように見える。軽そうなハンサムで、スーツはいつもブランド品。テレビ映えのするルックスが、マスコミにウケているらしい。テレビに出てる時は、しゃべり方も色男風にしてるし。

……でも、デザイナーの仕事は、デザインをすることだと思うんだけど……。

彼のアシスタントになってから初めて知ったんだけど……ここ数年、彼は、驚いたことにデザインをほとんどしていなかった。自分がアシスタントとして雇ったアルバイト達に、プレゼンテーションのためのコンセプト作りから、デザインのラフ描きまでのほとんどの作業を丸投げしていたらしい。そして自分は、アシスタント達が描いたラフを適当にアレンジして清書するだけ。

オレの前任だった三人（学生ではなくてほかの会社から引き抜かれたプロのデザイナー達だったんだけど）は、「とてもやっていられない」と言っていっせいに辞めていったらしい。しかも鴨田さんは「最近の自分のデザインがヒットしないのはアシスタント達が無能で仕事に集中できなかったから」みたいに言っている。

……なんだか、とんでもないところに来てしまった。

「眉間《みけん》に皺《しわ》が寄ってるよ、光太郎くん」

向かい側のデスクにいるデザイナーの讃岐《さぬき》さんが言う。

「鴨田には、なんにも期待しちゃダメ」

その言葉に、オレは無理やり笑みを浮かべてみせる。

「あはは……この一カ月で、よくわかりました、それ」

オレの隣のデスクに座っている女性デザイナーの大原《おおはら》さんが、

「可哀想《かわいそう》にね。光太郎くん、前にいた三人の分、一人できっちり働かされてるって感じ」

大原さんのアシスタントをしている、古株アルバイトの小阪《こさか》さんが、

「こっちの手が空いたら、プリントアウト、手伝おうか？」

「ありがとうございます。すごく嬉《うれ》しいです。でも、とりあえず一人でやってみます」

少し離れた席にいる嘉川《かがわ》さんが、ため息をつきながら言う。

「大丈夫？　あんまり無理しないほうがいいよ」

彼は嘉川亮二《りょうじ》さん。まだ二十九歳だけど、この『嘉川デザイン事務所』の所長。お洒落《しゃれ》でハンサムだから、デザイン業界では人気も高い。しかも、日本屈指の実力の持ち主だ。学生課で『嘉川デザイン事務所』のバイトの募集を見つけた時には、嬉しくて小躍りしたかっ

たんだけど……募集がかかっていたのは、実は事務所の所属ではなくて鴨田さんの専属のアシスタントで……。

「なんかあったらちゃんと言いなよ。学生さんには荷が重いだろう？」

「ありがとうございます。でもオレ、まだ大丈夫です。こういう業界は初めてなので、ともかくまずは勉強かなって」

「光太郎くん、このままじゃ、鴨田のゴーストライターみたいになっちゃうよ。鴨田は口だけはうるさく出すから、彼の言う通りに修正してるみたいだけど……そんなことをしてると、自分のセンスが鈍るんじゃない？」

……たしかに、それはちょっとオレも思ってた……。

讃岐さんが、怒ったように言う。

「所長、なんとかしてあげられないんですか？」

嘉川さんが困ったような顔になり、

「たしかにあのやり方は目に余るけれど……自腹を切ってアシスタントに光太郎くんを雇っているのは鴨田なんだ。おれは、光太郎くんが鴨田のアシスタントとしてここに出入りするのを許可してるだけの立場。だから口が出せないんだよなぁ」

嘉川所長は言って、真っ直《す》ぐにオレを見つめる。

「今までの仕事を見た限りでは、光太郎くんはけっこう実力ありそうだ。デザインソフトは一通り使いこなせるし、センスもかなりいい、性格だっていいし。うちで直に雇えれば、即戦力になったかもしれない。本当に残念だよ」

「鴨田さんが使えるのって、アドバのイラレとフォトストがギリギリでしょ？　光太郎くんなんか、インデザインズとか、フォトストア・ライトルームとか、アドバ・ミューズとかの最新型まで普通に使えるんですよ？」

大原さんが言い、小阪さんが、

「そうそう。ラッシュ・プロフェッショナルとか、アフター・エフェクターとか、プレリューズの最新型まで使いこなすんですよ？　一人でＷＥＢデザインの仕事までこなせそうなクオリティで。俺がいたゼミの教授もかなりの最先端オタクだったから、課題で触りましたけど……さすがに覚えきれなかったですよ」

その言葉に、讃岐さんが頭を抱えて、

「ああ〜、光太郎くんに本格的に手伝ってもらえれば、俺が抱えてるＷＥＢデザインの仕事、どんなに楽になったか！　間に入ってるＷＥＢデザイナーのセンスが悪くて、打ち合わせだけでおかしくなりそうなんですよ！　一人である程度までできれば映像で提出できるんですけど、俺はまだ使いこなせないし！」

「あの……よかったら、またお手伝いしますよ。勉強になりますし」

オレが言うと、讃岐さんは、

「ああ……こんないい子が虐《しいた》げられてるなんて、本当に切ない……！」

嘉川さんが苦笑しながら、

「本音を言えば、鴨田をクビにして光太郎くんを雇いたい。まあ……業界には横の繋《つな》がりってもんがいろいろあるから、なかなか簡単にはいかないんだけどね」

嘉川さんが言って、急に真剣な声になる。

「……ねえ、鴨田の雇ってくるバイトには、必ず言うようにしてるんだけどさ」

オレはちょっとドキリとしながら、姿勢を正す。

「はい、なんでしょうか？」

「嫌なら、すぐに別のデザイン事務所のバイトを探したほうがいい。一人前のデザイナーになるには、勉強はいくらしても足りない。時間を無駄にしちゃいけないよ」

オレの表情が暗くなったのに気づいたのか、嘉川さんが慌てて、

「ああ、ごめん。落ち込ませちゃった？　いや、うちの事務所のバイトに応募してくればもっと大事にしたのにって、ちょっと悔しくてさあ」

嘉川さんが悔しそうに言う。オレはまた無理やり笑って、

「いえ。嘉川さんにそう言ってもらえただけで、オレ、すごい光栄です」

嘉川さんは複雑な顔をし、それからハッとしたように時計を見て、

「ああ、ごめん。光太郎くん、あと一時間でプレゼンボードを終わらせて着替えもしなきゃ

いけないんだよね？　邪魔したらダメだな」

嘉川さんは言って、また自分の仕事を始める。オレも仕事に戻るけど……やっぱり気分は落ち込んでくる。

……今やっているこのプレゼンボードも、そしてたくさん描いたラフデザインも、全部鴨田さんの仕事ってことになるんだよね。

もちろん、ただの学生であるオレの名前で仕事なんかもちろんできない。それは解《わか》ってるんだけど……なんだか複雑な気持ちだ。

……いや……ただの学生のオレが、贅沢《ぜいたく》なんか言っちゃいけないんだけど……。

◆

「光太郎ちゃん、準備できてる？」

オレがプレゼンボードを仕上げてホッとした頃、鴨田さんがオフィスに戻ってきた。

「まだそんな格好をしてるなんて。さっさとしてくれないかな？　出かけるまであと十分しかないよ？」

「すみません、すぐに着替えますから」

オレは、用意してあったスーツカバーを持ち上げながら言う。

caramel

「あと、プレゼンボードとプレゼンの原稿、出来上がってます。見ていただけますか？」

「わかった、わかった。見るから、さっさとそこで着替えて」

鴨田さんは言って、オレがミーティングデスクの上に並べておいた十枚のプレゼンボードと、山のように積み上げたラフデザインの束を見下ろす。

「へえ～、こんなに作ってくれたんだ？　気合入ってるねえ」

人事みたいに言われて、ギリギリまで頑張っていたオレは、ちょっと眩暈を覚える。

「ええと……女性がいるここで着替えるのもなんなので、ミーティングルームに行ってきますね」

言うと、鴨田さんは可笑しそうに、

「気にすることないのに。大原さんなんか二十五過ぎてもまだ独身なんだから、もう女と思わなくていいよ」

その失礼な言葉に、大原さんが本気でムッとした顔になる。オレは慌てて、

「すぐ戻りますから。失礼します」

言ってデザイン室を出て、向かい側にあるミーティングルームに飛び込む。

ランニングシューズと靴下を脱ぎ、ライムグリーンでロゴの入った白の長袖《ながそで》Tシャツと、ヴィンテージデザインのジーンズを脱ぎ捨てる。グレイのボクサーショーツ一枚の格好でスーツカバーのファスナーを開き、中から出したワイシャツを羽織《はお》ったところで、ある重大な

ことに気づく。

……うわあ、革靴を忘れた……！

昨夜のうちに靴箱から出して磨いてあったんだけど、そのまま玄関に置いてきてしまった。オレは脱いだランニングシューズを振り返り……今日に限って派手な靴を履いてきてしまったことにため息をつく。これはナディダスのショップでカラーオーダーしたもので、黄みがかった淡いグレーに明るいライムグリーンのラインが入っているもの。オーダー代は無料だし、けっこう安かったし、お気に入りなんだけど……今日はさすがにヤバい。

……ああ……黒ならなんとかごまかせたかもしれないのに。前途多難な予感が……。

「光太郎ちゃん、準備できた？」

いきなり声が響き、ドアが大きく開けられる。鴨田さんはオレの頭の上から足の先までを眺め回してにやにや笑う。

「細く見えるけど、脱ぐとけっこういい体してるんだねぇ。ウエストとか細いし。なんかスポーツとかやってたの？」

ボクサーショーツと前が全開のワイシャツ一枚という情けない格好のオレは、思わず赤くなりながら、

「バスケットボールを……」

「へぇえ……だからかぁ……」

男だから裸くらい別に、とは思うけど、こんなにマジマジと見られると、自分の貧弱な身体が恥ずかしくなる。

「いや……スポーツやっても全然逞しくなれなくて……」

オレは言いながら、慌ててワイシャツのボタンを留める。

「逞しくならなくていいよ。脚も綺麗なんだねぇ」

今度は視線を下に滑らされて、オレはうんざりする。

……この人、いったい何が言いたいんだろう？

「ええと、急いでるんですよね？　すぐ着替えますから、外で待っていていただけますか？」

「いいじゃん、別に。早くしてよね」

鴨田さんはまだにやにや笑いながら言って、ドアを閉める。

……うわあ、急がなきゃ……！

オレは慌てて服を着ながら、改めて緊張感を覚える。

……オレにとっては初めてのプレゼンテーション。やっぱりドキドキする……！

◆

……うわ……これがソミー・グループ……。

品川駅のすぐそば。タクシーから降りたオレは、プレゼンボードの入った大型のデザインバッグを抱えたまま呆然《ぼうぜん》とその高層ビル群を見上げる。

ソミー・グループはもともとポータブルラジオを作る小さな町工場だった。今はオーディオやコンピュータなどのエレクトロニクス事業だけでなく、エンターテインメントにも手を広げている。五年ほど前……前社長が采配《さいはい》を振るっていた頃には新しいデザインで日本中をドキドキさせたものだと聞いたことがあるけれど……今はアメリカのオレンジ社に完全に押され、売り上げも落ちていると聞いた。だから今回のパーソナルオーディオをメインにしたデザインプロジェクトは、オレンジ社の『n-Pod』に対抗できるような製品を、というコンセプトだった。若者の間で「ソミーは不況に負けて売れ線に走った」「もう魅力がない」と言われているけれど……それを払拭《ふっしょく》するくらいのものを、と依頼書に書かれていた。

……しかし……そんな大きなプロジェクトのコンセプトデザインを……。

オレは、お金を払ってタクシーから出てきた鴨田さんを振り返りながら思う。

……アルバイトのオレなんかにやらせて、本当に大丈夫なんだろうか……？

入学式のために買ってもらった吊るしのスーツと、不似合いに派手なスポーツシューズ。いかにも物知らずの学生って感じのオレは、本気で気圧《けお》されてしまう。

「ほら、さっさと行くよぉ」

鴨田さんは言いながら、さっさとエントランスに向かってしまう。オレは慌ててその後を追おうとし……。

……あ……っ。

車寄せにゆっくりと滑り込んできた一台の車が目の端に入り、思わず振り返ってしまう。

美しい艶《つや》を帯びたイタリアンレッドのそれは、ファラーリ社の最新モデル『ＰＤⅡ』。オレが大好きなイタリア人デザイナー、アラン・ヴィットリオが手がけたスポーツカーだ。イタリア車らしい優美で柔らかなライン、計算されつくしたデザイン。鏡のような艶を帯びた車体に、空と雲が映っている。セクシーという言葉がぴったりくる、ドキドキするような美しい車だ。

グラビアで見た時にももちろん見とれたけど、本当の車は……。

……やばい、本気で格好いい……。

オレは、鼓動が速くなるのを感じる。

……こんな車に乗っているのは、いったいどんな人なんだろう？

最新モデルというだけでなく、これはイタリアの工房で完全受注生産で作られるもので、値段は億単位。だから、街で実物を見られる確率なんかゼロだと思ってた。

……グラビアで見たコンソールも、アラン・ヴィットリオらしいシンプルで男っぽいデザインだった。本当なら中も見たいところなんだけど……。

「光太郎ちゃん、なにやってるんだよ？　プレゼンに遅刻したらどうするつもり？」

本気で怒ったような声がして、オレはめちゃくちゃ名残惜しい気持ちで踵《きびす》を返す。ブツブツ文句を言ってる鴨田さんについてエントランスホールに入る。スーツ姿の男性二人がやけに慌てた様子でエントランスホールを突っ切ってきて、オレ達のすぐ脇を走り抜ける。

「あれっ？　橋本《はしもと》さん？」

鴨田さんの言葉に、そのうちの一人が振り返り、

「ああ……鴨田さん。失礼しました、ちょっと急いでいて」

鴨田さんに向かって笑いかける。上着の胸には、『ソミー・グループ　広報部　橋本』と書かれたネームタグ名札がつけられている。鴨田さんは満面の笑みで、

「今日はよろしくお願いしますね。うちも自信作だから」

「ああ……それは楽しみです」

何かが気になるような顔で言い、ちらりと車寄せのほうを振り返る。

「あ、すみません。それでは、また後で」

彼は言って踵を返し、車寄せのほうに走って行ってしまう。

「なんだよ、古い付き合いなのにさあ」

鴨田さんが不満げに言い、エレベーターのほうに向かって歩きながら、得意げに話す。

「うちの親父は、ソミーの社長と知り合いでさあ。だから昔から何かと優遇してくれていて……まあ、もちろん僕の実力も……」

「ようこそいらっしゃいました」

「道は混んでいませんでしたか？」

閉まりかけた自動ドアの隙間《すきま》から、声がかすかに聞こえる。きっとスーツ姿の二人が、あの車の主に話しかけているんだろう。オレは振り返りたい気持ちを必死で抑えながら、鴨田さんの後に続いてエレベーターホールに入る。

オレ達はちょうど来たエレベーターに乗り込む。鴨田さんが手を伸ばして、最上階のボタンを押す。扉が閉まり、エレベーターが上昇を始める。鴨田さんはポケットに突っ込んであったプレゼンの原稿を取り出して、それに目を落とす。

「どうでもいいけど、光太郎ちゃんの原稿、専門用語が多くて読みづらいんだけど？」

その言葉に、オレは思わず脱力する。ごく当たり前のデザイン用語しか使わなかったつもりなんだけど……。

「……すみません……」

オレは言い、それからエレベーターのボタンを見上げて緊張感が高まるのを感じる。

……このプレゼンボード、鴨田さんがチェックを少ししただけで、ほとんどはオレが一人で作ってる。やっぱり、こんなもの、通用しないんじゃないか？

……どこかは教えてもらってないけど……ほかにもいくつかのデザイン会社がプレゼンに来るんだよね？

オレはちょっと青ざめてしまいながら、

……オレが作ったのだけものすごくみすぼらしくて、浮いちゃったらどうしよう？　いや、浮かない確率のほうが少ない気がするんだけど……。

「あれぇ？　この漢字、なんて読むんだっけ？」

のんきに聞いてくる鴨田さんの様子に、ため息をつきたくなる。

……こんな時は……この人の性格が本気でうらやましい……。

アラン・ヴィットリオ

「今回は、ミスター・ヴィットリオにまでプレゼンテーションにご参加いただくことになってしまって……光栄というか、申し訳ないというか……」

上昇するエレベーターの中でそう言ったのは、ソミー・グループ広報部の橋本氏。車寄せで出迎えてくれてから、彼はずっと申し訳なさそうにこの話をしている。

「私としては、ミスター・ヴィットリオにお願いしたいというのが強い希望なのですが……」

私の隣に立ったうちの事務所のチーフデザイナーが、「やはりこの話か」というようにチラリと面白そうな顔をする。

彼は芳野隆《よしのたかし》。二十六歳。イタリアの美大を首席で卒業し、すぐに私の事務所の本社に入社してあっという間に頭角を現した。センスがいいだけでなく、あらゆる最新型のデザインソフトを軽々と操る優秀な人材。白い肌と漆黒の髪をしたモデルのような美青年だ。まあ、性格はかなりひねくれているので、扱うのはなかなか難しいのだが。

……デザイン業界には癖のある人間が多いし、いろいろと面倒な事情もある。彼くらいひねくれているほうが、この業界では生きやすいかもしれない。

私の名前はアラン・ヴィットリオ。二十九歳。イタリア人。ミラノ美術大学に在学中から世界的なデザインコンテストで賞を総なめにしており、さまざまなデザイン事務所から誘いが後を絶たなかったが……私が修業先として選んだのは学生時代から師事していた日本人デザイナー、塔谷秀樹《とうやひでき》氏のデザイン事務所だった。そこでの修業を終え、ミラノに自分の事務所を構えたが、最近は世界中からの依頼が増え、出張も多い。その中でも東京は、最先端のデザインが通用する数少ない場所。とてもエキサイティングな街だと思っていた。

……日本のデザイン業界の内情は、義理としがらみが絡み合って、知れば知るほど複雑なようだが。

私は思いながら、

「あなたの会社の会長の性格は、よく存じています。すべてのプレゼンテーションをフェアに、という考え方には共感を覚えます」

言うと、橋本氏の上司、村井《むらい》氏がさらに申し訳なさそうな顔で言う。

「いやあ……我々としては、ミスター・ヴィットリオがほかのデザイン会社に負けるとは思っていないのですが……」

「それは、わかりませんよ。もしかしたら素晴らしい才能を持ったデザイナーに、私が大敗を喫するかもしれません」

「そんなことはありません。……と断言してはいけないかもしれませんが……まあ、我々はほかにどこが来るかをよく知っていますので……」

村井氏が言い、二人は揃《そろ》ってため息をつく。

「それをお聞きすることはできませんか？　覚悟を決めておきたいので」

私が言うと二人は軽く笑い、それから村井氏が、

「『嘉川デザイン事務所』です」

その言葉に、芳野がチラリと反応する。

実は嘉川デザイン事務所の所長、嘉川亮二とは古い付き合い。芳野とはどうやらさらに親しいような雰囲気だが……面倒なので深くは詮索していない。

「嘉川デザインなら、優秀な会社ではありませんか」

芳野の言葉に、村井氏が、

「……ああ、はい。あそこの嘉川所長とは我々も古い付き合いですし、彼の素晴らしい才能はもちろんよくわかっているのですが……」

「今回参加するのは、嘉川氏ではなく……」

橋本氏が暗澹《あんたん》たる顔で言葉を続ける。芳野が可笑《おか》しそうな顔で、

「ああ〜、わかりました。あそこの一番の問題児といえば……鴨田さん……でしたっけ？

業界では有名ですよね」

その言葉に、村井氏と橋下氏は顔を見合わせる。

「はあ。お察しの通りです」

橋本氏が深いため息をついてうなずく。芳野は、

「しかし、超一流のソミーさんが、悪い噂《うわさ》の絶えない鴨田さんを何度もプレゼンに参加させている」

楽しそうに言うと、二人はギクリと肩を震わせている。芳野はさも心配しているかのように声を落として、

「以前から不思議に思っていたんですが……鴨田氏の父親と、ソミーの社長が旧友だという噂は本当なんですか？　もしかして、無理やりねじ込まれた？」

その言葉に、もう隠しておくこともないだろう、と思ったのか、村井氏が苦笑する。

「……ええ……まあ……」

言いかけてから、口の前に指を一本立てて言う。

「……すみません、これはご内密に」

「わかってます。もちろんですよ」

ゴシップ好きの芳野は、楽しそうににっこりと笑って言う。

「口が堅くなければ、日本のデザイン業界ではやっていけません」

……芳野の情報量の多さは、私の事務所でもおおいに役立っているのだが……。

私は少し呆《あき》れながら、小さく舌を出している芳野を見下ろす。

……こうやって、どこにいてもちゃっかりと情報を集めてしまう。まったく、うちのチーフデザイナーは、いい性格をしている。

「すみません、なんだか愚痴のようなことを言ってしまって……」

村井氏の言葉に芳野が大きくかぶりを振る。

「いいえ、お気持ちはわかりますから。私も彼のやり方には共感できません」

芳野が珍しく怒った顔で言う。

「プレゼンまで部下に丸投げ、という噂を聞きました。真偽はわからなくても……噂をされるだけの根拠はあるのでしょう?」

芳野の言葉に、二人は複雑な顔でうなずく。……どうやら日本のデザイン業界は思った以上に面倒な場所のようだ。

丘崎光太郎

「プレゼンテーションは、『嘉川デザイン事務所』さんからになります」

オレ達を席に案内してくれた女性秘書さんが、デスクの上にミネラルウォーターのボトルを並べながら言う。

「どうぞ、準備してお待ちください」

「はい、わかりました」

オレは慌てて立ち上がり、ポートフォリオを開いてプレゼンボードを取り出す。用意されていた金属製のイーゼルの上に、それを重ねて置く。ＰＣのデータと大型ディスプレイが使えれば楽だろうけど、最初のプレゼンはこういアナログな方式が未《いま》だに多いみたい。オレは鴨田さんの説明に合わせて、プレゼンボードをめくっていく。

……ごく簡単な作業とはいえ、めくるタイミングを間違えたら説明が格段にわかりづらくなる。あんなに頑張って作ったプレゼンボード、そしてめちゃくちゃ考えて書いた説明文。完璧な状態でプレゼンしてもらいたい！

会議室というよりはホテルのスイートみたいな立派な部屋。木製のデスクがコの字型に並んでいる。オレ達は長辺のドア側に案内されたから、向かい側にライバル会社、プレゼンボードの置かれたイーゼルと対面するような形の短辺に、会社の重役達が並ぶんだろう。

「光太郎くん、ちょっと座ったら？　一時間くらいかかるだろうから、疲れちゃうよ？」

鴨田さんは出されたミネラルウォーターの蓋《ふた》を開けながら、のんきに言う。オレはさらに緊張感が高まってくるのを感じながら、彼の隣に座る。そしてデスクに広げられたプレゼン原稿をチェックしながら、

「あの。もしわかりづらい用語とかありましたら、今のうちに説明しておきますので……」

「ええ～、全体的に難しいんだけど……まあ、読み上げりゃいいんだよ。こういうプレゼンだと、みんな原稿読んでるし」

「いえ、でも、わからないで読み上げているのと、ちゃんと理解しているのでは全然違うかと思うので……」

「ええ～、そんなの、聞いてるほうにはわからないって。じゃあ、専門用語に適当にルビ振っておいてよ。漢字だけじゃなくて、英語にもね」

オレはまた眩暈を覚えながら、胸ポケットから赤ボールペンを出す。慌てて原稿に書かれた難しい用語にルビを振り始める。

……ああ、ちゃんと言っておいてくれれば、プリントアウトの前にルビを振っておいたん

だけど……。

オレがちょっと泣きそうになった時、部屋の中にノックの音が響いた。

「失礼します」

入ってきたのは、さっき鴨田さんと話していた広報部の橋本さんだった。彼はドアを押さえて、後から入ってくる人のために道を開ける。

部屋に入ってきたのは、ものすごく仕立てのいいスーツに身を包んだ長身の男性。オレは彼の顔を見て、思わず目を疑ってしまう。

……嘘《うそ》……だろ？　それともオレ、連日の寝不足で幻を見てる……？

部屋に入ってきたのは、オレが昔からめちゃくちゃ憧《あこが》れているイタリア人デザイナー、アラン・ヴィットリオさんだった。

……グラビアで見た時もすごいハンサムだとは思ったけど……。

オレは部屋を横切って歩く彼を、思わず目で追ってしまう。

がっしりとした長身を包むのはダークな色合いのイタリアンスーツ。皺一つなく整えられた白のワイシャツと、エメラルドグリーンを基調にした若々しいネクタイ。

しっかりと張った男らしい肩、凛々《りり》しく伸ばされた背中。

腰の位置がとても高く、見とれるほど脚が長い。

速い歩調で部屋を横切る彼は、まるでランウェイを歩くモデルさんみたいだ。

形のいい額《ひたい》に落ちかかる、艶のある漆黒の髪。

すっと通った高貴なイメージの鼻筋、男っぽい唇。

意志の強そうな眉《まゆ》と、その下の彫り込んだような深い奥二重。

長くてセクシーな睫毛《まつげ》の下の瞳は、見とれるほど美しいエメラルドグリーン。

……目の前にいる彼は、なんて美しい男の人なんだろう……？

オレは呆然《ぼうぜん》と彼に見とれながら思う。

ただの田舎《いなか》の学生だったオレが美術を志した理由は、世界中の美しいものを見たくなったから。そしてできることならこの手で美しい何かを作り上げたかったから。それほどオレは、美しいものに恋焦がれてきた。だからなのか……。

……どうしよう、ドキドキが止まらなくなっちゃった……。

オレは彼からどうしても目が離せなくなりながら、思う。

……だって、こんなに美しい人間を目の前で見たのは、生まれて初めてで……。

彼はアシスタントらしき日本人の美青年と何かを話しながら、オレの正面に当たる場所に座り……そしてオレの視線を感じたかのようにふと顔を上げる。

「……っ」

なぜかそのまま真っ直ぐに見つめられて、オレは魅《み》せられたみたいに動けなくなる。

彼のエメラルドグリーンの瞳は、まるで宝石みたいに美しい色だった。強い光を宿したそ

れは、綺麗《きれい》なだけでなく、とても聡明そうで……。

「失礼いたします」

ノックに続いて女性秘書さんの声がして、オレはハッと我に返る。

……ああ、いくらハンサムだからって、あんなふうに見つめたら失礼だってば。きっと不審に思われた。

そう思うだけで、なんだかすごく落ち込んで、気力がゼロになりそうだ。

……ただでさえ緊張しているのに、今度は落ち込みそう……。

部屋にぞろぞろと入ってきた貫禄のある男性達の顔は、雑誌で見たことがある。このソミー・グループの取締役達だ。彼らは全部で六人。先頭に立っている白髪の男性は、このグループ全体を束ねている出井《いずい》会長。彼を中心にしてコの字の短辺に当たる場所にずらりと座られて……その迫力にオレは思わず圧倒される。

「……嘘だろ？　今日は、社長、いないのかよ？」

隣に座った鴨田さんが、焦ったように呟《つぶや》いている。

「……会長がいたんじゃ、すごく不利かもしれない。今日はツイてないなあ」

……プレゼンは、運じゃないですから！

オレは心の中だけで鴨田さんに突っ込み、それからますます緊張を覚える。

「……あ、この漢字、なんて読むんだっけ？」

のんきな声で言われて、オレは眩暈を感じる。慌てて教えながら、絶望的な気分になる。

……世界的なデザイナー、アラン・ヴィットリオのデザインに、ただの学生のオレが、対抗できるわけがないよね。

アラン・ヴィットリオ

「ええ～と……最新式のOSを搭載するに相応《ふさわ》しい、画期的なプロダクトデザインを目指し、かつ女性や高齢者の手にも優しいツールであることを……」

原稿を必死で読み上げている派手なスーツの男。芳野が可笑しそうな顔をしているところを見ると、これが噂になっていた鴨田というデザイナーだろう。そして……。

……彼は……いったい誰なんだ……？

とても心配そうな顔をしながらプレゼンボードを支えている青年。鴨田がことあるごとに彼を振り返り、小声で何かアドバイスをしてもらっている。コンセプトデザインを考えたのも、プレゼンボードを制作したのも、プレゼンの脚本を考えたのも、きっと彼だろう。

「……若い割にはやりますね……」

隣に座った芳野が、驚いたような声で囁《ささや》いてくる。

「……あ、もちろん鴨田じゃなくて、あの子のことですけど……」

プレゼンされているのは、特徴的な淡いトルコ石の色と艶消しの銀色で統一された美しいスマートフォン。若者のハードな使用にも対処できる耐久性と、高齢者にも使える操作の簡単さのバランスの取れた、かなり優れたデザインだ。対応するオーディオデバイスや細かい周辺アクセサリーまでが丁寧にデザインされていて、とても好感が持てる。

「……可愛《かわい》い色だなあ。しかもデザインに品がある。女性の間で大ヒットしそうですね」

芳野が感嘆したように呟く。それには私も同感だ。しかし……。

「……まあ、ターゲットを絞り込みすぎて、今回みたいな大きなプロジェクトには向かないですけどね」

芳野の言葉は、私が感じていたそのままのことだった。私がうなずくと、彼は、でしょう？という顔で微笑《ほほえ》む。

「ええと……以上が、わが社からの提案です」

鴨田が、大根役者のようなぎこちなさでなんとか脚本を読み終える。青年は心からホッとしたように息を吐き……そして……。

彼はふいに顔を上げて、私のほうに視線をよこす。私と目が合った瞬間、カアッと頬《ほお》をバラ色に染め、恥ずかしそうに瞬きを速くして慌てて視線をそらす。

彼は目を伏せたままでプレゼンボードをまとめ、席に戻る鴨田の後ろをついていく。彼の隣に腰を下ろし、それからどうしても気になる、という風にチラリと目を上げる。

「……っ」

私とまた目が合うと、彼は小さく息を呑《の》んで、今度は本格的に俯《うつむ》いてしまう。

それを見た私の胸が、ズキリと甘く痛む。

……ああ、まただ。どうしてこんなに彼のことが気になるのだろう?

ワイシャツの襟《えり》から伸びるすんなりとした首筋、そして彼の形のいい耳までが、美しく染まっている。

小さく整った卵形の顔、滑《なめ》らかな白い肌、艶のある栗色の髪。

すっと通った上品な鼻筋と、無垢な珊瑚《さんご》色の唇。

すんなりとした美しい形の眉、その下の二重の瞳。

長く反り返った睫毛の向こうに煌《きら》めく、上等のモルトウイスキーのような琥珀《こはく》色の瞳。

彼はそのほっそりと優雅な身体《からだ》を、紺色のスーツに包んでいた。きちんとアイロンのかかった白いワイシャツと、ブルーを基調にしたストライプのネクタイ。それはいかにもスーツを着慣れていない若者らしい、生真面目《きまじめ》な選択だったが……。

向かい側に座っているせいで、机の下にある彼の足が見えた。彼はなぜか、紺色のスーツとまったく似合わない、スタイリッシュなスポーツシューズを履いていた。イエローがかったグレイに、ミントグリーンのストライプ。

それを見た時、私は人形のように美しく見えた彼に、不思議な親近感を覚えた。

……学生時代、教授の講演の手伝いをした時、私も革靴を忘れたことがある。

その時の教授の呆れ返った顔を思い出して、微笑ましい気分になる。

……あの時は本当に居たたまれなかった。彼がとても恥ずかしそうなのには、そういう理由もあるのかもしれないな。

エレベーターの中で鴨田の評判を聞いてしまってから、今日のプレゼンはあまり気乗りのするものではなくなっていた。もちろん全力で戦うことは間違いないが……鴨田がプレゼンに呼ばれたのは実力ではなく社長のコネクション、しかもプレゼンの内容は経験の浅いアシスタント達に丸投げしたもの……そう思ったら、相手方のプレゼンを聞かされるのが時間の無駄としか思えなくなった。たしかに若いアシスタントにも才能のある人間がいるかもしれないが、手柄をすべて鴨田に持っていかれる立場で、いいデザインができるとは考えづらかった。なんとか間に合わせた適当なものでお茶を濁す……そうするのが普通という気がする。いくら勉強になるからといって、尊敬のできない上司のために全力を尽くすデザイナーがいるとはとても思えなかった。とんだ茶番に付き合わされた……そう思った。

……彼に、気づくまでは。

この部屋に入った時から、ふわりとまとわりつくような不思議な視線を感じていた気がする。ライバル意識をもたれることは珍しくはなく、憎々しげに見つめられることは日常茶飯事だ。席に着いた私は戦うつもりで目を上げ……そして、その視線の主が、正面に座った若い青年だったことに驚いた。

彼の視線は純粋な憧れに満ちていた。彼は陶然とした顔で私を見つめ、それから今のように恥ずかしげに目をそらした。まるで恋を告白するかのような熱く甘い視線に、私は胸が高鳴るのを感じてしまった。

……もちろん、私の思い違いに決まっている。だが……彼はそんなふうに相手を誤解させるのにじゅうぶんなほど、美しく、そして不思議と色っぽい。

実は、私は女性には恋愛感情を持てない体質。一般的にゲイとして分類される人間だ。だが、デザインの仕事がずっと忙しかったこともあり、軽い恋を繰り返してきただけで、本当に愛する運命の人は未だに見つかっていない。

彼を見た瞬間、心に感じた震え。それは今まで経験したことのないものだった。

……もしかしたら、私は彼に一目惚《ぼ》れをしてしまった……？

そんな考えが脳裏をよぎるが、私は自嘲《じちょう》してその考えを頭の中から追い出す。

……いや、私に限って、そんなわけがない。彼がとても美しかったので、美術品のように見とれていただけだろう。

私は恥ずかしげに俯いてしまった彼を見つめながら、思う。

……しかも、本当にあのコンセプトデザインを彼一人が考えたとしたら……彼はとんでもない才能を秘めたデザイナーだ。

私は、心の中に激しい欲望のような熱い気持ちが湧《わ》き上がるのを感じる。

……彼が欲しい。どうにかして、私の会社に引き抜けないだろうか？

「それでは、次に『ヴィットリオ・デザイン』さんよりプレゼンテーションです」

橋本氏の言葉に、彼に見とれてしまっていた私はやっと我に返る。私は芳野を連れて前に出て、彼がボードを用意するのを待ってプレゼンテーションを始める。

もちろんプレゼンの言葉は私の頭の中にあるもの。脚本など一切書かない。このコンセプトを考えるまでに一カ月半。苦労したコンセプトの説明が、空でできないわけがない。

青年が、緊張した顔でプレゼンボードを見つめている。それからふいに私に目を移し……今度はもう、目をそらさなかった。

……君の考えたコンセプトは、とてもよかったよ。

私は思いながら、プレゼンの最初の挨拶《あいさつ》を日本語でする。

「『ヴィットリオ・デザイン』、アラン・ヴィットリオです。本日はよろしくお願いいたします」

そのままプレゼンを始めながら、彼の目を真っ直ぐに見つめ返す。

……だが、悪いけれど、負けることはできないな。

丘崎光太郎

初めて会ったアラン・ヴィットリオさんは、ものすごいハンサムで、オレは思わず見とれてしまった。しかも……。

……完璧《かんぺき》なプレゼンテーションだった……。

オレはまだ陶然としてしまいながら思う。

……それを目の前で見られたなんて……。

彼が打ち出したのは、若者からビジネスマンまでが使いこなせる、黒のシリーズ。艶消しの黒いボディと、持ちやすさを追求し、手の形に合わせてわずかなアールを描いたデザイン。機能性ももちろんじゅうぶんで、今すぐに欲しくなるほどめちゃくちゃ格好よかった。

……あれはきっと大ヒットする。そういう予感がする。っていうか、オレ自身、今すぐに欲しいくらいだ。

「アラン・ヴィットリオは、あの会社の会長や宣伝部にコネがあるに決まってる」

会社に戻るタクシーの中、鴨田さんが憎々しげな口調で言う。

「でなければ、この鴨田の名前が負けるわけがないんだ。汚い手を使いやがって。……今日のプレゼンに、社長が参加してさえいれば……」

……コネを利用しようとしてるのは、鴨田さんのほうじゃ……。

オレはつい思ってしまうけれど、もちろん口には出さない。

「……クソ。アラン・ヴィットリオ、本当にムカつく。すかした顔で見下しやがって……」

悔しそうに、ギリギリと親指の爪《つめ》を噛《か》む。彼はこの子供じみた癖に気づいていないみたいだけど……これが出るのは彼が本気で怒った時らしい。こんな時には話しかけないほうがいいとほかのデザイナーさんから言われてる。

オレは膝《ひざ》の上で拳《こぶし》を握り締め、早く会社に着いてくれ、と祈るけれど……。

「……っていうか、光太郎ちゃぁん」

鴨田さんが粘るような口調で言いながらこっちを向き、オレはぎくりと飛び上がる。

「は、はい」

「今日のコンセプト、ちょっとイマイチじゃなかったぁ？　ああいうコンセプトにしろって言ったっけぇ？」

嫌味のたっぷりこもった彼の言葉に、オレは青ざめる。

「ええと……」

鴨田さんは最初から最後まで、コンセプトに関しては一切口を挟まなかった。デザインラフができてから、あと三センチは小型になるはずだとか、いっそスティック状にならないかとか、聞いただけで先方の技術部さんが激怒しそうなことを言ってきた。クライアントが指定してきた大きさの範囲は少なくとも死守しなきゃならなかったし（じゃなきゃ、そういう技術が開発されるまで何年かかるか解らない）、だからなんとかごまかして、イメージで近づけるようにしたんだけど……。

「デザインはまああだったけどさぁ……なんていうの？　もっと革新的な何かがないと、このデザイン業界では生き残れなくてさぁ……あとは人脈とか？　その点、僕なんか……」

何度も聞いた彼のいつもの蘊蓄《うんちく》が始まり、息を詰めるようにしていたオレはホッと小さくため息をつく。

オレのデザインがイマイチなのは、もちろん重々解ってる。だから厳しく指導してもらうのはやぶさかではない。だけど、あんなに素晴らしかったアラン・ヴィットリオさんのデザインや、正々堂々としていた彼のことを目の前でけなされるのは……できればもうやめて欲しかったんだ。

……なんてすごい人だったんだろう……？

オレは鴨田さんの言葉を聞き流しながら、ヴィットリオさんのプレゼンを詳細まで思い出す。彼とそのチームが提案したコンセプト・デザインも、商品デザインも、本当に素晴らしかった。二十枚にもわたるプレゼンにオレは見入り、心が躍るのを感じた。それはクライアントさん達も同じみたいで、みんな食い入るように彼のプレゼンボードに見とれて……。

……彼が勝つのは当然だ。

オレは自分までが引き込まれてしまった、あの素晴らしいデザインの数々を思い出す。彼がデザインしたものは、周辺機器に至るまでが新しく、とても使いやすそうで、何よりもどうしても欲しいと思わせるような圧倒的な魅力があった。彼のデザインするものすべてに共通する……なにか不思議なセクシーさのようなものが。

……鴨田さんが、ただの学生であるオレに作らせたプレゼンテーションボードなんかで、ヴィットリオさんに対抗できるわけなんかなかった。

オレはヴィットリオさんの実力を目《ま》の当たりにして、本気で圧倒されている。

……ああ……いつかはあんなふうになれたら……。

鴨田さんの下で働いてすっかり萎縮《いしゅく》していたオレの心の中に、また情熱が……。

「ねえねえ、いいでしょう、光太郎ちゃん？」

いきなりの鴨田さんの言葉に、オレはハッと我に返る。

「はい？　すみません、なんですか？　ちょっとボーッとしていて……」

「やだなあ。今から六本木に行くよって言ったんだよ。僕のカオが利くキャバクラがあるから、人気のある女の子達を指名して、朝まで飲んでストレス発散……」

「すみません、オレ、そういうところ行き慣れてないんで……」

「ええ～？　興味ない？　もしかして光太郎ちゃんって、女の子に興味がないタイプ？　それならそれで、可愛い男の子がいるボーイズ・バーが……」

「あの、運転手さん」

オレはそれ以上言われないように、慌てて運転手さんに声をかける。

「そこの交差点の手前で一人降ります。……オレ、プレゼンの報告書を書いておきますので、鴨田さんは楽しんでいらしてください」

交差点で停車したタクシーから、オレは荷物を抱えて素早く降りる。鴨田さんがまだ何か言っているのけれど、聞こえないフリでお辞儀をする。タクシーのドアが閉まり、動き出すまでお辞儀を続けて……車が見えなくなるのを確認してから、やっと頭を上げる。

嘉川所長やほかのデザイナーさんから、プレゼン後の鴨田さんの誘いには絶対についていくなときつく言われてる。キャバクラに付き合わされたアルバイトが前後不覚になるまで飲まされて店から高額なお金を請求されたり、いかがわしげなボーイズ・バーで喧嘩《けんか》に巻き込まれそうになったりと、とにかく危険らしい。もれなく、ぐでんぐでんに酔った鴨田さんをマンションまで送り届けるという苦行が待っているようだし。まあ、もしかしたら新人のオレをおどかすために、ちょっとは誇張されてるかもしれないけど……。

……なんとか、逃れた……。

オレはホッとため息をつき……それから周囲を見回して、全然知らない場所だったことに愕然《がくぜん》とする。だけどアルバイトのオレに、自分でタクシーを拾うお金の余裕なんか、もちろんなくて。

プレゼンボードを作るために、家でも作業をしていた。寝不足のオレは眩暈を覚える。

……ああ……なんでこんなことに労力を使わなくちゃいけないんだろう？

オレは悲しい気持ちになり、ヴィットリオさんと優秀そうなスタッフを思い出す。

……ああ……憧れを通り越して、なんだか別世界で……。

その時、オレの携帯電話の着信音が響いた。オレは鴨田さんからじゃないかと青ざめ……恐る恐る相手の名前を確かめて……。

「あ……嘉川所長だ……」

表示されていたのが、嘉川所長の携帯電話のナンバーだったことに、本気でホッとする。そしてプレゼンが終わったら連絡するようにと言われていたことを思い出す。

「はい、丘崎です。すみません、所長。今までタクシーに乗っていたのでご報告が遅れてしまいました」

慌てて電話に出ると、嘉川所長が、

『プレゼンは無事に終わった？』

「はい。残念ながら、こちらのプレゼンは不採用でしたが……」

『仕方ない。相手は、アラン・ヴィットリオだったんだろう？　どうだった？　君、アラン

・ヴィットリオの大ファンなんだろう？』
その言葉に、オレはあの時の気持ちを思い出して胸が熱くなるのを感じる。

「はい、アラン・ヴィットリオさんのプレゼン、本当に素晴らしかったです。直に見られただけで、ものすごく勉強になりました。なんだかまだドキドキしてます」

彼は電話の向こうで楽しそうに笑って、

『……で？　そんな話ができるってことは、鴨田は無事に振り切れたんだね？』

「……はい、なんとか。キャバクラとか、男の子のいるバーとか言われたので、慌ててタクシーから降りました」

『うわあ、危なかったね。前回のアルバイト、いかつい男三人だったけど、それでもかなり大変な目に遭ったんだよ。君一人じゃ、絶対に対抗できない。逃げられてよかったね』

本気でホッとしたように言われて、オレは今さらながらにちょっと青ざめる。

……やっぱり、あの話は誇張じゃなかったみたいだ。

『ところで……慌ててタクシーから降りたって言ったけど、ちゃんと会社まで帰れそう？　今、どこにいる？』

彼に言われて、オレは慌ててビルに貼られた住所表示を読み上げる。

『ええっ？　そこからじゃあ、地下鉄の駅までもかなりあるよ？』

オレは急にどっと疲れを感じる。でも嘉川所長に悟られてはいけない、と思って無理やり元気な声で言う。

「頑張って歩きます。運動不足の解消にもなるし……」

『無理しなくていい。ちゃんとお金はあげるからタクシーで帰ってきなさい』

彼の言葉に、オレはホッとして座り込みそうになる。

……ああ、オレ、やっぱりいろいろと疲れているのかも……。

アラン・ヴィットリオ

……あの青年のことが、どうしてこんなに気になるのだろう？

地下へ続く階段を下りながら、私は思う。

深夜の麻布十番。六本木の繁華街からほんの五分ほどだが、ここには静かな住宅地が広がっている。自宅マンションから徒歩三分、寝る前に立ち寄ることも多い小さなバーで、今日は珍しく人と会う約束をしている。

……たしかに並外れて美しい青年だったが……一目惚れをする年齢でもないだろうに。

私は階段を下り、『Objet』という店名が浮き出た曇《くも》りガラスのドアを押し開く。中はカウンターだけの小さなバー。洗練されたアンティークのインテリアが、とても落ち着く。

カウンターの一番奥で手を上げたのは、嘉川亮二。あの青年が勤めている『嘉川デザイン事務所』の所長。私の学生時代からの友人だ。

ソミー・グループのプレゼンテーションが終了したタイミングで、私はすぐに嘉川に連絡を取った。そして以前にも来たことのあるここに彼を呼び出した。

「お疲れ。忙しそうだな」

隣のスツールに座った私に、嘉川は可笑しそうに言う。

彼の手の中のグラスには、生のミントの葉がいっぱいに入ったモヒート。酒に強い彼がロングカクテルを頼む時は、何か長引きそうな話がある時だ。

「今日はソミー・グループのプレゼンテーションだったんだろう？　鴨田と会ったか？」

私は、しどろもどろでプレゼンテーションをしていた男を思い出し、ため息をつく。

「会った。そしてヨシノから、カモタに関する悪い噂を聞いた。……なぜあんな男を雇っているんだ？」

私が言うと、彼は笑いながら、

「知り合いから頼まれているのもあるが……まあ、ボランティアかな？　ああいう男は野放しにすると何を始めるかわからない。悪行の噂が広まりすぎているので、うちの事務所に非はないと、みんなわかってくれているしね。それに……」

彼は笑みを深くして、

「……会社には一人くらい悪いやつがいなきゃ、ほかのメンバーを結束させるのは難しい。それを証拠に、今はうちの事務所はやけに団結している。まあ……鴨田の下で働いているアルバイトくんには気の毒だけれど」

……この男も、一筋縄ではいかないな。

私は思いながら、バーテンダーにモルトウイスキーを頼む。それから、

「一つ聞きたい。カモタの今日のプレゼンテーションは、しろろもどろでひどいものだった。だが、彼が発表したコンセプト・デザイン、プレゼンボード、そしてラフスケッチは素晴らしかった。……あれは、誰の仕事だ？」

私が言うと、嘉川は真面目な顔になってため息をつく。

「呼び出された時から、その話じゃないかと思ったんだよ」

「誰の仕事なんだ？」

私が重ねて聞くと、嘉川は、

「一応体面があるのでオフレコで頼むな。あの仕事は、鴨田の下で働いている別のメンバーが手がけたものだ。彼は才能があるにもかかわらず、鴨田に飼い殺しにされている。……いうなれば、囚《とら》われのお姫様かな？　鴨田が直に雇ったので私は手出しできない」

酒を一口飲み、本気で心配そうな顔で、

「このままでは、彼は鴨田の悪い影響を受け、やる気と才能が枯渇《こかつ》していく。今まで、鴨田の下で働いていたメンバーは、多かれ少なかれ、そんな状態になって辞めていった。ただ、今までの彼らはしたたかだったので、鴨田の悪名を逆に利用して、次の仕事に結びつけていた。『「嘉川デザイン事務所」の鴨田さんの元で働いていたのですが……』と一言言えば、同情されること請け合いだからね。だが……」

嘉川は、何かを思い出すかのように眉を寄せて、

「……あの子はあまりにも純粋すぎる。鴨田にひどい目に遭わされているにもかかわらず、それに気づかず、全力で仕事に取り組んでしまっている。このままでは、ある日突然、ダメになってしまうと思うんだ」

私は、プレゼンテーションで見た、あの麗しい青年を思い出す。私に向けてきた憧れの視線、ふわりと頬を染めた様子、そして……あの素晴らしいコンセプト・デザイン。

「……あまりにもひどすぎるな……」

私が呟くと、嘉川は隣でまたため息をつく。

「デザイン業界は非情な世界だけどね。だからこそ、あんな純粋な子には生き残って欲しいんだよ。できれば鴨田をクビにしてあの子を雇いたいくらいなんだが……ソミーの社長——鴨田の父親の友人なんだが——から、くれぐれも鴨田をよろしくと言われていてね。ソミーの社長には、事務所設立の時に資金援助もしてもらってるし……あああ……」

嘉川は急に悔しそうに頭を抱えて、

「資金援助なんぞしてもらうんじゃなかった。あの時お前は反対してくれたが、やっぱりそれは正しかった。こんなことで自由を奪われるなんて思ってもみなかった」

「……彼の才能に関して、聞かせてくれないか？」

私が言うと、嘉川はため息をついて、

「私の悔しがり方で察してくれ。彼がうちで働きだして一カ月だが、デザイナーとしての才能はとてもあると思う。なにせ、描くものすべてのレベルがとんでもなく高い」

その言葉に、彼の作ったプレゼンボードを思い出す。イメージの部分はほとんど写真で占められてはいたが、デザイン画は手描きだった。しかもそれがとんでもなく美しく……。

「センスがよく、絵が上手《うま》いのはデザイナーの最低条件だ。だが、今はほとんどの作品はPC上で作られるし、印刷所や工場とのやりとりもデータになる。デザインソフトが自由に扱えないと、どんなにセンスがよくてもそこまでだ」

私が言うと、彼はさらに悔しそうに、

「彼は、現代っ子らしく、PCを手足のように扱う。熱心に勉強しているらしく、最新のデザインソフトにも詳しい。ほかの社員よりもよっぽど自由に扱えるから、かなり助けてもらっているんだ。……はあ、それもあって、辞めてもらいたくはないんだが……」

彼は言い、それからふいに顔を上げて私の顔を真っ直ぐに見据《みす》える。

「……で、私が何を言いたいのか、そろそろ察してくれないか？」

「たしかに、うちの会社は日本に事務所を開いたばかりで人手不足だ。依頼はこなしきれないほど来るので断っている状態だし、かなりの精鋭を集めたと自負してはいるが、それでもさまざまな部分に欠けがある。たとえば……女性や高齢者に優しいデザインの提案ができる人間」

私の脳裏に、あの青年の提案したスマートフォンのデザインが浮かぶ。

「彼がデザインしたスマートフォンは、美しいだけでなく、手の小さな人、力の弱い人に対しての完璧な配慮がなされていた。私、そしてうちのチームのメンバーにはなかなかできない発想だ。うちは、どんだけ最新のスペックが積めるか、見た目がどれだけ最先端か、そしてどれだけ早く使えるかということばかりを追いすぎだ。マシンに強く、指先が器用な人間なら、訓練をして、高速で自由に使いこなすことができるようになる。だが、女性や高齢者には最初から手が出せない」

「ああ……なるほど。たしかに、『ヴィットリオ・デザイン』の製品を使いこなせる高齢者は、まず皆無だろうなあ」

「もちろん、万人に受けるハードウエアばかりを作ることは考えていない。コンセプトがずれてしまっては意味がないからな。だが、最近では『人に優しいデザイン』というコンセプトの依頼がとても多い。そして若者にも、高齢者にも、女性にも受け入れてもらわなくてはいけないデザインもある。たとえば、ホテルやマンションのコンセプトとか」

「ふうん、たしかに」

嘉川は言い、それからチラリと私を横目で見て、

「ようするに、あの彼は使えそうだ、だが本当に使える人間しか雇いたくないので才能を見極めたい……だからおれを呼び出したというわけか？」

「才能はもちろんだが……人柄が知りたい。デザインはチームで行うものだ。うちのメンバーはかなり個性が強くてマイペースだが、いちおう性格は悪くない人間を揃えているので結束力は固い。それを乱すようなメンバーだと困る」

私の言葉に、嘉川はフッと笑う。

「それこそ、私の反応で察してくれよ。……とりあえず、彼が資料集めによく行く場所を教える。まずは自分で話をしてみることだな」

……ああ、彼とまた会えると思うだけで、どうして鼓動が速くなるのだろう？

丘崎光太郎

「あ、そうそう。これ、新しい仕事」

鴨田さんが、オレのデスクに書類を滑らせてくる。荷物を持って立ち上がりながら、

「実は、知り合いにぜひにと頼まれて受けたんだけどね」

「大事な仕事なんですね」

オレは、鼓動が速くなるのを感じながら言う。

「オレ、精一杯アシストさせていただきます」

だけど、彼はうんざりしたようなため息をついて、

「そんなに張り切らなくてもいいよ。……依頼者は九州の小さいお菓子メーカー。しかも黒《くろ》飴《あめ》のパッケージデザインだよ？　黒飴なんか、永久に昔ながらのデザインにしておきゃいいじゃないか、ねえ？」

「……え……？」

「これからの仕事に繋がりそうな人からぜひにと頼まれて、どうしても断れなかったんだけ

ど……そんな仕事、僕にできると思う？　ただでさえ忙しいのにさぁ。断れるもんなら、今からでも断りたいんだけどね」

その言葉にオレはかなり本気で驚く。たしかに鴨田さんが気が乗らない様子をしていることは今までも何度かあったけど……でも、仕事を依頼されたのなら、プロはどんなものでも精一杯やるべきだし……。

「ええと……オレ、鴨田さんがあまり時間を使わなくていいように、アシスタント頑張りますから……」

「まあ、そんなに張り切らなくていいよ。あ、そこのクロッキー帳にラフを描いておいたから。それをもとにしてバリエーションを出しといて」

彼は、書類や資料がうずたかく積み上がったデスクを指差して言う。今にも崩《くず》れそうだし、その山の間に飲みかけのコーヒーが入ったカップを放置されたりするので、書類にこぼしそうで怖くて仕方ない。本当はきっちり片付けたいんだけど、バイトを入れ違いに辞めた先輩から「ものすごく怒るからデスクには絶対に手を触れるな」ときつく言われたから、手が出せない。彼が飲みかけの物のことは忘れて新しいコーヒーをどんどん買ってきちゃうことが解ったので、カップだけはそっと片付けて洗っちゃってるけど。

「わかりました」

オレは慌てて立ち上がって、積み上がったファイルの上に不安定に置いてあるクロッキー帳を開いてみる。

「ええと……」

オレはページをめくっていき……一番最後にあったラフデッサンを見て、ドキリとする。使われているのは一ページの半分くらい。しかも……。

「これですか?」

オレがクロッキー帳を上げて見せると、鴨田さんはうなずいて、

「ああ、それそれ。よろしくね」

鴨田さんは手をひらひらと振って、そのまま部屋を出て行ってしまう。

オレはちょっと呆然としながら、ページを見下ろす。

そこに描かれていたのは、既成のフォントをちょっと変えただけの文字。ものすごくありきたりなものだ。

……黒飴のパッケージと言われたら、たいがい最初はこんなふうになるかもしれないけど……でも……。

「あ~あ。それじゃあ、バリエーションの出しようもないよね」

後ろから声がして、オレは慌てて振り返る。そこには資料のファイルを持った嘉川所長が立っていた。彼はオレの手元を覗《のぞ》き込んで、

「今までもいろいろとひどかったけど……そんなラフを適当に描いただけで、あとはバイト

に丸投げするとはなあ」

　彼は深いため息をついて、

「ソミーの社長には世話になっているし……だから、鴨田のことをくれぐれもよろしくと言われているんだが……そろそろ本気でクビにしたくなってきた」

「うわあ……ここをクビにされたら、鴨田さん、光太郎くんのストーカー化しそう」

　大原さんが怖そうな声で言う。嘉川さんが不審そうに、

「何？　クビにされた恨みで？」

「それもありますけど……鴨田さん、光太郎くんのこと、めちゃくちゃ気に入ってますよ。だから会えないのが寂《さび》しくて、ストーカー化」

　その言葉に、オレは驚いてしまう。

「鴨田さんがオレを気に入ってるとか、絶対にないと思います」

　思わず言うと、嘉川さんもうなずいて、

「気に入っていて大切にしてるならまだいいさ。だけど、このひどい扱いは……」

「男って本当に鈍いんだから」

　大原さんが呆れたように言う。

「以前の歴代のアシスタント達を間近で見てきた私には、よくわかります。鴨田さん、今までのアシスタントはどんなに優秀でもしょっちゅう怒鳴りつけてたし、もっと姑息《こそく》な意地悪

ばかりしてました。光太郎くんの待遇は破格ですよ。だって、怒鳴らないばかりか、光太郎くんといる時には、いやににこにこしてるじゃないですか」

「それは……鴨田が少し大人《おとな》になったとか……」

「三十過ぎて？　ないない」

大原さんは顔の前で手をひらひらと振って言い、それからオレの顔を覗き込んで、

「光太郎くん、年上の言葉として、一応忠告を聞いておいてね。鴨田さんには気をつけて」

「ええと……わかりました。ご忠告ありがとうございます」

オレがうなずくと、大原さんは満足げにうなずいて仕事に戻る。

オレは目の前のクロッキー帳に目を落とし、暗澹《あんたん》たる気分になる。

……これでいいのかなあ？

思うけど、学生アルバイトのオレが口を出せることじゃなくて……。

……とにかく、与えられた仕事はきちんとしなきゃ！

◆

……本当に、これでいいのかなあ？

オレは、スケッチブックをめくりながら思わず首を傾《かし》げる。

そこに描かれているのは、鴨田さんからもらったラフデッサンを元に、オレがバリエーションを広げたものだ。と言っても、鴨田さんがくれたラフが『いかにも黒飴』って感じのオーソドックスなものだったから、広げるといっても限度があった。ちょっとだけロゴを変えたり、飴の写真が入る場所を変えたり。

オレは、デスクの上に置いた飴の袋に目をやる。それはスーパーで買ってきた『のんき堂の黒飴』。黒地にクリーム色で印刷された丸っこいロゴ。そして黒いセロファンで個包装された丸い飴の写真。オレが子供の頃から見てきたお馴染《なじ》みのデザイン。日本中の誰もが、スーパーやコンビニの店頭で一度は見たことがあるだろう。

……今までのこれだって、悪くないよなあ。

オレは思い、それから自分の手元のスケッチブックとそれを見比べる。

そこに並ぶのは、いかにもバリエーションを出しただけ、という感じのデザイン。

デザイン変更にはかなりのコストがかかるはず。『のんき堂』は老舗《しにせ》だけど、大ヒット商品を出しているような会社ではない。デザイン変更は、デザイン料だけじゃなくて生産ラインでの変更もいろいろあるはずだから、かなりのコストがかかるはず。

……どうしてデザイン変更をしようと思ったのか、すごく謎《なぞ》だよなあ。

オレは再び首を傾げ……だけど、鴨田さんが大幅な変更を指定しなかったってことは、クライアントである『のんき堂』もそれを望んではいないってことだろう、と思い直す。

……昔からある商品だから、今までの顧客を逃したくないってこともあるだろう。ちょっとした思い付きで、「そろそろ少し変えてみるか」って思っただけかもしれない。それならこういういかにも無難なバリエーションも、全然間違ってないよね？

オレは自分を納得させようとするけれど……ずっと、何かが引っかかってる。

……なんだろう？　でも、オレ達デザイナーは、クライアントが満足してくれるデザインを作るのが仕事。オレみたいな駆け出しが疑問を持つなんて、きっと百年早い。

それに、こういう黒飴を食べるのって、おじいちゃんやおばあちゃんばっかりな気もするし、だからこういうのが『売れるデザイン』っていうのかもしれない。

オレはため息をついてスケッチブックを閉じる。それから、クライアントへのプレゼンテーションのための原稿を手に取る。もちろん鴨田さんは出かけてばかりで説明を聞くどころかラフすら見てくれていないから、『デザインの意図』なんか理解してない。だけどプレゼンテーションをするのは鴨田さんだから、説明のための原稿を作る。彼はプレゼンの時はいつもそれを読み上げるだけなんだけど……。

……今回は、会議室でクライアントさんと向かい合っての説明だから、原稿を読み上げるわけにはいかないだろう。とりあえず目を通しておかなくちゃ困ると思うんだけど……。

オレは壁に目をやり、時計の針が二時四十分を差していることに気づく。三時になったら『のんき堂』の社長が来ちゃうはず。もしかしたら少し早めに着いちゃうなんてこともあるから、二時半には戻ってくださいって言ってあったのに……。

……鴨田さんの遅刻癖はいつものことだけど、クライアントとの会議に遅れたらさすがにものすごくヤバイだろう。

オレはちょっと青ざめながら、デスクの上に置いてあった自分の携帯電話に手を伸ばす。登録してある鴨田さんの携帯電話の番号を呼び出し、電話をかける。

……多分向かってる途中だろうから、しつこいって叱《しか》られるかもしれないけど……でも、万が一ってこともあるし……。

オレは自分に言い訳をしながら呼び出し音を聞き……それから鴨田さんが全然電話に出ないことに青ざめる。

……どうしたんだろう？　もうすぐ『のんき堂』さんが来ちゃうのに……！

オレは焦りながら、何度も鴨田さんの携帯に電話をかける。しつこく呼び出し音を鳴らしていると……。

『……はい？』

「鴨田さん！」

オレは泣きそうなほどホッとしながら言う。

「早く戻ってください！　もうプレゼンの時間が……」

『え？　今日ってプレゼンなんかあった？』

鴨田さんの言葉に、オレはものすごいショックを受ける。

「何を言ってるんですか！　もうすぐ『のんき堂』の社長と社長夫人がいらっしゃるんですよ！　すぐに戻ってください！」

『三時？　無理だってば。今、横浜にいるんだから』

「はあっ？」

『やあ、電伯堂の接待で、中華街に来ててさあ。……ああ、すぐ行きますんで！』

鴨田さんが誰かに叫んでいる。オレはぶちきれそうになりながら、

「じゃあ、プレゼンはどうすればいいんですか？」

『そんなの、光太郎ちゃんがやりゃいいだろ？　っていうか、最初からそう言ってなかったっけ？　いや、言った気がするんだけど……』

鴨田さんの言葉に、オレは絶句する。

「そんな！　ひどいです！」

鴨田さんはムッとした声になって、

『ともかく、帰るのは無理だから！　この間渡したラフのバリエーションは出してあるんだろ？　そこから適当に許可を得てくれればいいから！　じゃあね！』

「まってください、鴨田さん！」

オレは叫ぶけれど、電話はすでに切れていた。

……ああ、どうすりゃいいんだ……？

オレは思いながら思わず机に突っ伏し、頭を抱える。

「もしかして、ついに打ち合わせをエスケープか？」

声に顔を上げると、嘉川所長が心配そうな顔でオレを見ていた。オレは情けない気持ちでうなずく。

「オレ、どうしたらいいんでしょうか？『のんき堂』さんが仕事の依頼をしたのは鴨田さんで、だから鴨田さんのデザインを期待しているはずで……」

「だけど、そのデザインを描いたのは光太郎くんだろう？」

「はい。でもあんまり冒険しちゃいけないかと思って、鴨田さんの描いてくれたラフからバリエーションを出しただけなんですけど」

「……そんな気を使わなくても大丈夫だと思うけどね」

嘉川さんがため息混じりに呟く。それから、

「仕方がないよ。私達は助けることはできない。君がクライアントと会って、打ち合わせをする。クライアントがどんなものを望んでいるのかを、きちんと伺ってきなさい」

厳しい顔になって言われて、オレはドキリとする。

……そうだ、オレが慌てていちゃ、クライアントに不安感を与えるだけだ。

「わかりました。オレ、『のんき堂』さんのご希望をちゃんと聞いて……」

オレが言った時、デスクにある電話の呼び出し音が響いた。オレは慌てて受話器を取り、

「はい、『嘉川デザイン事務所』です」

『一階の受付ですが……お客様がいらしています。「のんき堂」さんだそうです』

その声に、オレは思わず唾《つば》を飲み込む。それから、

「わかりました。すぐにお迎えに上がりますので、ソファで少しだけお待ちください、そうお伝えいただけますか？」

『わかりました』

受付の女性スタッフが言って、電話が切れる。オレは深呼吸してから立ち上がる。嘉川所長に、

「お迎えに行ってきます。その後で、ミーティングルームを使わせていただきます」

言うと、所長はうなずいて、

「うん。頑張って」

ほかのメンバーも、頑張ってね、と口々に言ってくれて、オレは心強く思いながら部屋を出る。

……まあ……ただの学生のオレが、クライアントさんと直接打ち合わせをするなんて……ドキドキしないわけがないんだけどね。

オレは小走りで廊下を進み、エレベーターのボタンを押す。すぐに来たそれに乗り込み、

一階のボタンを押す。

……どんな人なんだろう？　『のんき堂』って言ったら、オレが生まれる前からあるようなすごい老舗だ。頑固そうなおじいちゃん……とかかな？　鴨田さんが同席しないことを、怒るだろうか？

ポン、という音がして、エレベーターが一階に到着する。

オレはますます緊張してしまいながらネクタイの結び目がちゃんとしていることを確かめ、ドアが開くと同時にフロアに飛び出す。

……ええと……頑固そうな社長を探さなきゃ……。

オレは思いながら、ロビーを見渡す。

受付カウンターの近くにはソファセットが並んでいて、いくつかが打ち合わせをする人々で埋まっている。そのうちの一つに、老夫婦が座っていた。このビルに入っている会社は『嘉川デザイン事務所』だけではないけれど、ほとんどが似たような職種。欧州からインテリアを輸入している会社とか、大手アパレルメーカーの本社とか。だから打ち合わせのソファにはたいがいビシッとスーツで決めたビジネスマンとかお洒落系の仕事をしていそうな個性的な服装の人とかが座ってる。だから、そこにいる老夫婦はちょっと浮いている感じ。ロビーを行き交う人達が、「誰かの家族が紛れ込んだ？」って顔で振り返ってるし。

おじいさんのほうは古風なツイードのスーツを着て、毛糸のベストを着ている。白いシャツの襟元《えりもと》には、すごく久しぶりに見たループタイ。おばあちゃんのほうは、落ち着いた淡い小豆色の着物を着て渋い銀鼠色《ぎんねずみいろ》の帯を締め、その上にオリーブグリーンの毛糸のショールを巻いている。少し毛羽立ってふわふわした感じが、いかにも手作りのお気に入りって感じだ。

……もしかして……。

オレは、ほかには誰かを待っていそうな人がいないことを確認する。

……あのおじいさんが、老舗の『のんき堂』の社長？　じゃあ一緒にいる同年代の女性は、社長夫人かな？

オレはちょっとホッとしながら思う。

……なんか優しそうな人達。田舎のおじいちゃんおばあちゃんがくれた、黒飴の素朴な味を思い出す。

オレはソファを縫ってロビーを進み、背中を丸めるようにして座っている二人に近づく。

「……失礼します」

オレが声をかけると、二人は驚いたように顔を上げる。オレは彼らの緊張をなんとかほぐそうとしながら、

「『嘉川デザイン事務所』の者です。『のんき堂』の方ですか？」

言うと、二人は慌てて立ち上がる。二人のソファの脇に大きなボストンバッグと、昔懐か

しい唐草模様の風呂敷包みがあることに気づいて、二人が九州から到着したばかりなんだと思う。

「はい、『のんき堂』の代表、伊沢後衛《いざわこうえい》と申します。よろしくお願いいたします」

おじいさんが礼儀正しく言って、オレに頭を下げる。

「これは、私の女房で、うちの副社長をしてくれてます、福栄《ふくえ》です」

「よろしくお願いいたします」

おばあさんがやっぱり丁寧に頭を下げてくれて、オレも慌てて深く頭を下げる。

「こちらこそ、よろしくお願いいたします。『嘉川デザイン事務所』の丘崎光太郎と申します」

言ってから頭を上げ……周囲の視線を集めてしまっていることに気づく。それに、ここは出入りが激しくて、ドアから吹き込む風が気になる。福栄さんが寒そうにたびたびショールをかき合わせているのが見えたからだ。

「あの、事務所があるフロアにミーティングルームがあるんです。打ち合わせは、そこでしませんか？」

オレが言うと、二人はうなずき、それから荷物を持ち上げようとする。

「それはオレがお持ちします」

オレは慌てて二つのボストンバッグを取り、もう片方の手で風呂敷包みを持つ。どちらもかなりずっしりしていて、こんな重い荷物を持ってきたのか、と心配になる。この事務所があるのは大崎だから、羽田空港からでも、東京駅からでも、微妙に来づらい。飛行機でも新幹線でも、ここまで来るのにけっこう疲れただろう。

「ご案内します。どうぞ」

言って先に立ってエレベーターホールに向かう。

「すみませんねえ。重いでしょう?」

おばあさんに言われて、オレは慌ててかぶりを振る。

「いいえ、全然重くないですよ。それにオレ、まだ駆け出しなので、体力があることだけが取り柄なんです」

言って笑うと、二人はちょっとだけ緊張感が解《ほぐ》れたみたいな顔をしてくれる。

エレベーターが到着し、何人かの人が乗り込む。オレは二人を先に行かせ、最後にエレベーターに乗り込んだ。

両手が塞《ふさ》がっているオレを見て気の毒に思ったのか、別の会社の女性社員さんが、

「『嘉川デザイン事務所』のデザイナーさんですよね? 七階でいいですか?」

親切に聞いてくれる、オレは慌ててうなずいて言う。

「七階で大丈夫です。ありがとうございます」

女性社員さんが七階のボタンを押してくれて、エレベーターのドアが閉まる。

オレ達は七階で降り、ミーティングルームに二人を案内する。そして運んだ荷物をあいて

いるテーブルの上にそっと載せる。ミーティングルームの椅子《いす》は折り畳み式のパイプ椅子だから、お年寄りに勧めるのは、ちょっと気が引ける。硬くて、お尻が冷たそうだし……でも、それ以外に椅子がないので仕方がない。デザイン室で使っているのは背もたれの高いビジネス用のアーロンチェアだから、ものすごく落ち着かないだろうし……。

「どうぞ、こちらにお座りになっていてください。すぐにラフをお持ちしますね」

そして二人に椅子を勧めてから、オレは部屋を出てデザイン室に行く。

「『のんき堂』さんと、無事に会えたのか？」

デザイナー室の面々が、興味深そうに顔を上げている。嘉川所長が聞いてきて、オレはうなずく。

「はい、お隣のミーティングルームでお待ちいただいてます」

ラフを描いたスケッチブックを手に持ち……それからあることを思い出して、部屋の隅にある接客用のソファを見る。

……ここだと人が多くて落ち着かないだろうし、だけどあれじゃ寒そうだし……。

「あの。あそこにあるクッション、ちょっとお借りしてもいいですか？」

オレは、ソファを指差しながら言う。そこに置かれているミッドセンチュリー風のカバーがかけられたクッションは、けっこう古くて薄くなっている。コロンとしたクッションをお尻に敷いたら転げ落ちそうだけど、あれなら座布団代わりにもできるだろう。

「別にいいよ。なんか張り切ってるね。……どんな人達？」

嘉川さんが声をひそめ、興味深げに聞いてくる。

「老舗の会社ですのでちょっと怖い人を想像していたんですが……そんな感じは全然なくて、素敵なおじいちゃんおばあちゃんって感じなんです」

オレはクッションを抱えながら言う。

「しかも、九州から直接いらしたみたいなんです。今日はけっこう冷えるし、お疲れにもなっていそうだし」

大原さんが立ち上がって、

「あら、そしたら、お出しするのはあったかいお茶とかがいいんじゃない？　私がいれてあげるわよ、とっておきの玉露」

「本当ですか？　すごくありがたいです」

オレが言うと、古株アルバイトの小坂さんも立ち上がって、

「おれ、ちょうど郵便物を出しに行く用事があるから、ついでに角の和菓子屋で何か買ってくるよ。せっかく東京まで来てくれたんだから、きちんと接待しないとね」

「本当にありがとうございます」

オレが頭を下げると、嘉川所長が苦笑して、

「鴨田の時には誰も協力しないくせに。……仕方がない、おれも協力する」

彼はスーツの内ポケットから財布を出して、五千円札を小坂さんに差し出す。

「今の時間なら、蒸かしたての『うさぎ饅頭《まんじゅう》』と『芋きんつば』があるはず。おごるから全員分買ってきてくれ」

「なんだか、すみません。ありがとうございます。本当に」

オレが頭を下げると、嘉川所長は苦笑して、

「いいから早く行って。お待たせしてるんだから」

「そうでした。失礼します！」

オレはスケッチブックとクッションを抱えてデザイナー室を出て、廊下の向こうのミーティングルームのドアをノックする。

「丘崎です。失礼します」

ドアを開けると、老夫婦はさっきの場所に座ってかしこまっていた。

「すみません、お待たせしてしまって」

福栄さんがまだ寒そうにショールを身体に巻きつけていることに気づき、オレはドアの脇の空調のスイッチで、室温を少し上げる。

「あの、よかったらこれ、敷いてください。パイプ椅子は冷たいでしょう」

オレが行ってクッションを差し出すと、二人はお礼を言ってそれを受け取り、すぐにお尻の下に敷く。きっと、寒かったんだろう。

「きちんとした応接室がなくてすみません。デザイナー室のほうにはソファがあるんですが、ひっきりなしに人が出入りするので、寒いし、落ち着かないかと思って」

オレが言うと、社長が微笑んで、

「いろいろとお気遣いありがとうございます」

「これ一枚あるだけで、とてもあたたかいわ。本当にありがとうございます」

社長と福栄さんが言ってくれて、オレは嬉しくなる。

「ここは地下鉄の駅からも遠いですし……迷いませんでしたか？」

オレが言うと、社長が苦笑して、

「私も妻も都会に慣れていないもので、実は途中で迷ってしまったんですよ。それでなければもっと早く到着できたのですが」

「すみません。駅までお迎えに行けばよかったですね」

申し訳なく思いながらオレが言うと、社長はさらに苦笑して、

「鴨田さんの携帯電話の番号しか聞いていなくてね。一応道を聞こうとして電話したんですが、電源が切れていたみたいで」

「……あ……すみません……」

……彼は、打ち合わせの時だけでなく、プライベートの飲み会の時にも携帯電話の電源を切ってしまう。だからいつもすごく不便なんだけど……。

オレは内心ため息をつきながら、ミーティングテーブルの、彼らから角を挟んだ隣に座る。シャツのポケットからお財布を出し、そこから名刺を二枚引き抜く。

「改めて自己紹介させていただきます。丘崎光太郎と申します。あの、これが『嘉川デザイン事務所』直通の電話で、それからこれが、オレの携帯電話のナンバーです。何か急ぎの事情があったらどちらかにかけていただければ、鴨田にお伝えすることもできますので」

二人は名刺をありがたそうに受け取り、それから、

「そういえば……鴨田さんは……？」

……どうしよう？　プレゼンを忘れて遊びに行ってしまった、なんて絶対に言えないぞ。

「ええと……鴨田は急病で、ちょっと今日は来られなくなってしまって……」

「それは大変だ」

「大丈夫なんですか？」

二人が心配そうに言ってくれて、オレは良心が痛むのを感じる。

「はい、それほど重篤ではないので……ともかく今日は、ぼくが代役を任されています。まだ駆け出しですが、よろしくお願いします」

オレが言うと、二人は丁寧に頭を下げてくれる。オレはまだ戸惑いを感じながら、

「では……ご依頼のデザインを。とりあえず、まだラフ段階ですが」

言いながら、彼らのほうにスケッチブックを向けて見せる。二人は、

「さすがは、都会のデザイナーさんに依頼しただけのことはあります」

「まあ、素敵ねえ」

そう言いながらも……彼らの顔には明らかに落胆の色がある。

たしかに鴨田さんがいつも広告代理店から請け負っているような一本百万円なんていう依頼じゃないけれど、この規模の会社から考えればデザイン料だけで数十万円はそうとうの出費のはず。だけど……。

「あの、これは本当にラフ段階なので……」

オレはスケッチブックの新しいページを開きながら言う。

「……お二人にもっとご意見をいただいて、さらにバリエーションを広げられたらと思っているんです。いかがでしょうか？」

オレの言葉に、二人の顔がパアッと明るくなる。

「本当ですか？　鴨田さんは、素人《しろうと》である私達の意見を取り入れるのには、あまり気が乗らない様子だったのですが……」

社長の言葉に、オレの良心がまた痛む。

……勝手にこんなことをしたら叱られるかもしれない。でも……満足のいかないデザインに高いお金を払わせるのは、あまりにもひどいと思う。

「製品ができるまでいろいろな作業行程がありますし、コストの問題もあります。ですからすべての要望にお答えできるわけではありませんが……デザイナーは、できるだけクライアントの意見を聞いて、ご満足いただけるデザインを描くべきだと思うんです」

オレがいつも考えていることを口にすると、二人の表情がさらに明るくなる。

「そう言っていただけると、とてもホッとします。実は……」

社長が言いかけて言葉を切り、福栄さんにうながされて先を続ける。

「『のんき堂』は古くからある小さな会社で、いつもコストギリギリのところで製品を作っています。さらに最近の若者は、黒飴のような古臭いものには興味を示してくれません。売り上げは下降し続けている状態です」

社長は苦しそうな顔でぽつぽつと話を進める。

「このままでは倒産も覚悟しなくてはいけないギリギリの経営難で……ですから、この新作の黒飴で起死回生を狙《ねら》っているところだったのです。なので、思い切ってパッケージも新しくしようと思い、デザイナーさんを探していました。知り合いにも当たったのですが、なかなかスケジュールが合わず……最後に見つけたのが、鴨田さんでした。あの有名な『POW』をデザインした方なんですよね？　ですから私達は、最後の貯金をはたいて彼にデザインの依頼をしようと思ったんです」

その言葉に、オレはスッと血の気が引くのを感じる。

……そんな大変な仕事だったんだ……なのに、鴨田さんは……。

「ええと……」

オレは動揺を隠そうと咳払いをして、

「……新作、とおっしゃいましたか？　ぼくはてっきり、以前の黒飴のパッケージだけを変更するのかと……」

「鴨田さんには、どうやら通じていなかったみたいですね」

「電話での打ち合わせでも、何度か新作だと言ったのですが、関係ないと言われてしまったしねえ」

二人の言葉に、オレはさらに青ざめる。

「申し訳ありません。……それで……新作の飴は、もう出来上がっているんですか？」

オレが言うと、二人は大きくうなずく。大切そうに抱えてきた風呂敷包みをテーブルの上に置き、その結び目を解《ほど》く。中には大きなタッパーが入っていて、その蓋を開けると……。

「……うわ……！」

黒飴って聞いていたから、よくあるまん丸で大きいアレを想像していたんだけど……そこに入っていた飴は、なんと丸みを帯びたハート型をしていた。

「めちゃくちゃ可愛いですね、これ！　最近の黒飴って、こんな形をしていたんですか？」

「いやあ、私はもともと飴職人なのでね、若い人にも受けるようにと思って、いろいろ試作してみたんですよ」

社長さんが、少し照れたように言う。

「どうか食べてみてください。実は、昔からある黒飴は黒飴で、そのまま残そうと思っているんですよ。鴨田さんは何か誤解をなさっていたようですが……今回デザインの依頼をしたのは、黒飴とは趣向を変えた別の製品です。たしかに色は黒いですけどね」

彼の言葉に、オレは改めて血の気が引く思いをする。新作の飴のパッケージを、以前の黒飴とほとんど変わりのないデザインにしてしまったら……絶対に売り上げは見込めないし、紛らわしいせいで、もとの黒飴の売り上げすら逆に落ちるかもしれない。そんなの、デザイン料をドブに捨ててるようなものだ。

「どうぞ、食べてみてください。昔の黒飴とはまったくイメージが違うと思いますよ」

社長の言葉に、オレはそれを一粒手に取る。包んであるセロファンを剝《む》き、口に入れてみる。ハートはハートだけど、平たくなくてコロンとした立体的な感じが、舌に優しい。

「……んん……？」

それは、黒蜜《くろみつ》のような味だった昔の黒飴とはまったく違うものだった。ほんのり甘くて梅の香り。しかもなんだか身体によさそう。独特で癖になる味だ。

「……美味《おい》しいです。それにすごくいい香り。これは梅……いや、それだけじゃなくて紅茶のアールグレイみたいなお洒落な香りもします。ベルガモットでしたっけ？」

「主な香りは梅とベルガモットですが、ほかにもいろいろ入ってるんですよ」

社長が言いながら、オレの前のデスクにプリントアウトを置く。

「主に使っているのは、砂糖ではなくて竜舌蘭《りゅうぜつらん》のシロップ。テキーラなどのお酒の原料にもなっていますが、これはカロリーが低くて血糖値を上げないんです。最近、血糖値を上げないものは低GIとか言って、女性の間でも注目されているらしいですね。あと……このあたりは薬膳料理にも使われている薬草や木の実で、昔から肌や目にいいとされています」

オレは、材料表に書かれているたくさんのものを見て驚いてしまう。

「味はシンプルですごく食べやすいのに、こんなにいろいろなものが入ってるんですか？　バランスを取るのが大変だったのでは？」

オレが聞くと、社長夫人が苦笑して、

「実は、本当に大変だったんですよ。うちの人がこれを思いついたのは、創業当時なんです。ずっと実験をしていて、やっと作れたのよね？　足かけ何十年かしら？」

その言葉に、社長も苦笑して、

「まあねえ、これはもう、趣味みたいなもので。でも長年やっていたから思いついた成分もいろいろあるんですよ。このテアニンというのは、紅茶から抽出したリラックス成分です。現代人はストレスも多そうですから」

社長が言いながら、成分表を指差す。それから、

「それに……うちが使っている素材は、すべて九州の契約農家で作られた有機栽培です」

「そ、そうなんですか？」

オレは、たくさんのものが入った原材料表を見ながら、驚いてしまう。これだけのものをすべて産地限定の有機栽培で揃えるというのは、コストからいっても、手間からいっても、現代ではとんでもなく困難なことだろう。

社長は、なんだかとても優しい笑みを浮かべて、

「飴ってもんは、たくさん働いて疲れた人が、一休みするために摘《つま》むものです。そういうものに、身体によくない成分なんか入れたくないんですよ。これは創業当時からのこだわりなんですがね」

オレは、そのすごいこだわりに、思わず気圧されてしまいながら思う。

……こんなにこだわって作られたもののパッケージを、適当にデザインしていいわけがない……。

◆

結局、オレは社長夫妻にぎりぎりまで時間をくれるように頼んだ。そしてすっかり夜になってから会社に帰ってきた鴨田さんに報告する。

「打ち合わせ、無事に終わりました。なので、詳細の報告をしたいんですが……」

「え？　ああ、いいよ、面倒だから」

鴨田さんは無関心な顔であっさりと言い、オレは愕然とする。

……そんな……。

「光太郎くん、今夜ヒマ？　白通堂の営業さんから、美味しい焼肉屋を教わってさぁ」

彼の楽しげな口調に、さすがのオレも怒りを覚える。

「お誘いありがとうございます。でも、まずは『のんき堂』さんの仕事をなんとかしないと。あまり時間がありませんから」

そう言うと、鴨田さんはなんだか拗《す》ねたような顔になる。

「何それ？　適当でいいって言っただろ？　僕との食事より大事なの？」

まるで駄々っ子のような言い草に、呆れてしまう。

「まずは仕事が先だと思います。……ええと、あれではちょっと不足な気がするんです。もう少しバリエーションを広げさせていただけないでしょうか？　『のんき堂』さんも、そのほうがいいとおっしゃってくれていますし……」

鴨田さんは、ムッとした顔で鼻を鳴らして、

「ええ〜、僕のラフが気に入らなかったの？　まったく年寄りはセンスがなくて嫌だよね。……まあ、好きにやれば？」

言って踵を返し、そのままドアのほうに向かって行く。それからふいに振り返って、

「バリエーションを広げたいとか言い出したのは光太郎くんだからね？　この仕事で何か問題が起きたら、全部、光太郎くんの責任だからね？」

念を押すように語尾を上げながら言い、鴨田さんは部屋を出て行く。

「……はあ……」

オレは深いため息をついて、自分のクロッキー帳の上に突っ伏す。

……アルバイトのオレに、全責任があるなんて……。

なんだか泣きそうになるけれど……ふいに、「まだまだ頑張らなくちゃ」と言った『のんき堂』さんの社長夫妻の顔が浮かんでくる。

……あの二人のためにも、オレは精一杯頑張らなくちゃ……！

◆

「ええと……ジャポネスク・フォント図鑑と……パッケージングに関する本と……あとは和柄の図案集もいくつか見ないと……」

『のんき堂』の社長夫妻との打ち合わせがあった次の日。ともかく資料を集めなきゃ、と思ったオレは、インターネットで資料を検索していた。だけどイメージに合ったものはなかなかなく、会社の資料室や本屋で探しても同じだった。

そしてオレは、資料を探すべく、国会図書館に来ている。

オレは鞄から、コピー用紙の束を取り出す。これはインターネットで調べてきたもので、参考になりそうな専門書の書名だ。国会図書館は日本中の本を閲覧することができて便利だけど、自分で書棚を見ることはできない。書類に書名を書き込んで受付で渡し、係の人に探してもらうんだ。

学校の課題のために最初に来た時には、備え付けの機械で本の一覧表を調べ、それらしきタイトルのものを出してもらっていたんだけど……想像したのとはぜんぜん違う内容だったり、図鑑かと思ったらすごく薄い本で期待はずれだったりして時間を無駄にすることも多かった。だから、今回は本の内容やページ数をインターネットで調べて、書名を書き出すことにした。ここの本は一部を除いてコピーを取ることが許されているけれど、持ち出すことはできない。どんなにいい資料を見つけても閉館時間には返却しなきゃいけないから、できるだけ効率よく調べ物をしたい。

……オレの場合、あんまり外にばかり出てると叱られるっていうこともあるけど。

鴨田さんは会社にいないことが多いけど、意外な時間にふっと戻ってきたりする。その時にオレがいないとものすごく怒る。もちろんサボってるわけじゃなくて鴨田さんから頼まれた用事をしていたり、次のプレゼンのための資料を探してたりするんだけど……。

……たしかに、アルバイト料を払ってるアシスタントは、常に待機してるべきだっていうのも解るけど……。

オレは小さくため息をつきながら、調べてきた本の書名を書類に書き写していく。

……でもオフィスに戻った鴨田さんは、たいてい雑誌を読んだりネットゲームをしたり居眠りをしている。だからオレが彼のためにできるのはコーヒーをいれてあげたりすることくらい。もしも鴨田さんも一緒に仕事を進めてくれたら、そうでなくてもせめてちゃんとデザインチェックをしてくれたら、すごく作業が楽になるはずなんだけど……。

ちょっと愚痴を言いたいような気分になって、オレは慌ててその気持ちを追い出す。

……アルバイト料をもらってるんだし、普通の学生をやっていたらできないような経験もたくさんさせてもらってる。だから感謝しなくちゃ。

……何よりも……本当なら絶対に会えないような雲の上の人にも会うことができたし。

オレの脳裏に、デザイナーのアラン・ヴィットリオさんの姿が鮮やかに浮かび上がる。彫刻のように完璧な美貌《びぼう》。ぴしりと背中を伸ばした端正な雰囲気。高価そうなイタリアンスーツを一分の隙もなく着こなした彼は、まるで社交界のパーティーにでもいるかのように優雅だった。

……しかもオレ、彼のプレゼンを間近で見ちゃったんだ……。

思い出すだけで、興奮で頬が熱くなる。

ミーティングルームに響いていた彼の美声。彼の日本語の発音は少しの癖もなく完璧で、言葉の選び方も丁寧で的確だった。もちろんその内容はわかりやすく、斬新《ざんしん》で、胸が弾むようなアイディアに満ちていて……オレがものすごく頑張って書いたプレゼン原稿が、まるで小学生の作文みたいに幼稚に聞こえてしまった

……ただの学生がプロのデザイナー達に対抗しようなんて百万年早い。だけど……。

オレは、ヴィットリオさんの周囲にいたいかにも優秀そうなスタッフを思い出す。

……あんな世界、本気で憧れる。オレも学生だからなんて言い訳してないで、頑張らなくちゃ……！

オレは書類の閲覧希望の欄がいっぱいになるまで本のタイトルを書き込み、それを持って受付に向かう。係の人にそれを渡し、ナンバーの入ったプラスチックの札をもらう。普通の図書館とは違って、国会図書館の書庫は広大だ。本を探してもらうにも時間がかかる。だからこの札を持って、呼ばれるのを待つことになる。

受付のそばのベンチには、たくさんの人が名前を呼ばれるのを待っている。オレは彼らと並んで座り、十分ほどで探していた資料を受け取ることができた。

「すべての本の持ち出しは厳禁ですが、雑誌などはコピーを取ることが可能です。ですが、ここにシールが貼られているものはコピー禁止ですので……」

説明を聞いてから、オレは本の山を抱えてカウンターを離れる。

……ああ、やっぱりここってすごく好きだ……！

◆

オレはいくつかある閲覧室を回って空いているところを探し、人のあまりいない狭い閲覧室を見つけて、参考になりそうなデザインをラフスケッチした。コピー可能な資料からはできるだけたくさんのカラーコピーを取って、本をまたカウンターに返却する。

……すごい収穫だ……！

クロッキー帳と分厚いカラーコピーの束を抱えたまま、嬉しい気持ちでエントランスに向かって歩く。

……これを見てパッケージデザインの基礎をちゃんと勉強すれば、かなり仕事が楽になりそうで……。

オレは大きめの閲覧室の前を通ってエントランスに向かおうとし……視界の隅に気になるものを見つけて立ち止まる。

「……え……？」

閲覧室のガラスドア。その向こうに、見たことのある長身の男性がいた。オレはものすごく驚き……彼を見つめてしまう。

……アラン・ヴィットリオさんだ……！

閲覧室は、調べ物をしている学生やスーツ姿の人でほぼ満席だった。にもかかわらず、彼だけが、まるでスポットライトに照らされているかのように、輝いて見える。

オレは、なぜか鼓動が速くなるのを感じながら、思わず彼に見とれる。

……ああ……彼は才能に溢《あふ》れるデザイナーというだけじゃなくて、本当にハンサムだ。

彼は窓際の席に座り、ノートを広げてメモを取っている。彼の前には分厚い大判の画集や建築写真の本が積み上げられている。彼もデザインのための資料を集めているんだろう。

……また会えて嬉しい……かも……。

オレは、頬まで熱くなるのを感じながら思う。彼と話してみたいことがたくさん頭をよぎるけれど……。

彼は素早い筆致でメモを取り、長い指で本のページをめくる。その真剣な眼差《まなざ》しに、オレの弾んだ気持ちがしゅんと小さく萎《しぼ》む。

……バカだ、オレ。話しかけたら、仕事の邪魔になってしまうじゃないか！　何を浮かれてるんだよ？　それに、彼がプレゼンでちょこっと顔をあわせただけの新人のことなんか、覚えてるわけがなくて……。

「ちょっと、そこに立たれると、邪魔なんだけどねえ」

後ろから声がして、オレは慌てて振り返る。新聞の束を山ほど抱えたおじさんが、ものすごく迷惑そうにオレを睨《にら》んでくる。

「す、すみません！」

オレは言って彼に頭を下げ、慌てて踵を返す。

……せっかく、ヴィットリオさんに会えたのに……。

オレは思ってしまい、それから慌ててその気持ちを振り払う。

……どっちにしろ、仕事をしている彼に、話しかけられるわけがなくて……！

オレは思って廊下を歩きだすけれど……。

「失礼。君は……」

後ろから聞こえた声に、ギクリとして立ち止まる。慌てて振り返ると、そこにはヴィットリオさんが立っていた。

「君は……『カガワ・デザイン』のデザイナーさんでは？」

「は、はい、そうです。ソミー・グループのプレゼンの時にお会いしました」

オレが慌てて言うと、彼はそのハンサムな顔に人好きのする笑みを浮かべて言う。

「今日は資料探し？　私もそうなんだ。日本の国会図書館は素晴らしいね。貴重な資料が完壁に揃えられているんだから」

その言葉に、オレは深くうなずいてしまう。

「はい、オレもすごく好きなんです、ここ」

言ってから、オレはちょっと慌てて、

「あ……すみません、お仕事の邪魔をしてしまいましたね」

「いや、そろそろ休憩にしようと思っていたところだが……君はもう帰るところ？」

彼はオレの手の中のコピーの束を見下ろしながら言う。オレはうなずいて、

「はい、なんとか資料が見つかりました。足りないようなら、また後日来ようかと」

「それなら……よかったら、一緒にお茶でも飲まないか？」

急に言われて、オレはとても驚く。

……あのアラン・ヴィットリオさんから、お茶に誘われちゃった……！

「もしかして急いでいる？」

「いいえ、大丈夫ですが……」

「それなら決まりだ。資料をカウンターに返すので、少しだけ待っていてくれ」

彼は言って踵を返し、デスクに広げられていた本を閉じて積み上げていく。

「あ、お手伝いします」

オレが慌てて駆け寄ると、彼は微笑んで、

「ありがとう。じゃあ、あれを頼めるかな？」

窓際に置かれていた荷物を示す。

「わかりました」

オレは手を伸ばしてそれを取る。プラスチック製の大判のポートフォリオと、とてもお洒

落な革製のデザインバッグ。持ち手までが柔らかい革でできていていかにも上等そうだ。

彼は本の山を悠々と抱え、オレの前に立って歩きだす。彼の後ろについていきながら、なんだか胸が熱くなるのを感じる。

……今のオレ、なんだか彼のアシスタントみたい……。

思った時、なぜか胸がチクリと痛んだ。

……いや……オレみたいな凡人が、彼のそばで働けるわけがないよね。

プレゼンの時、彼はいかにも優秀そうな美しい男性を連れていた。プレゼンをするヴィットリオさんのサポートをする様子はいかにも物慣れていて、彼がきちんとプレゼンに関わり、それを理解していることを示していた。

きっとヴィットリオさんの事務所では、あの時の彼みたいな、お洒落で、都会的で、才能に溢れている人ばかりが働いているに違いない。

……やっぱり、オレには別世界だ。

◆

彼が連れて来てくれたのは、国会図書館のすぐ近くにある超高級ホテル『ホテル・ガレリア・トーキョー』だった。

その最上階のカフェスペースで、オレと彼は向かい合っている。

「あの有名なホテル・ガレリアが日本に進出してきたのは知っていましたが……こんなすごい内装だったんですね」

オレはうっとりとしながら、カフェを見回す。

『ホテル・ガレリア』は、もともとイタリアの大富豪が建てたホテル。本拠地はミラノで、今は世界中に展開している。世界中のセレブが愛用する、超五つ星ホテルだ。

最上階にあるここからは、午後の光に満たされた東京の景色が一望にできる。内装はアンティーク家具を多用したイタリア貴族の屋敷みたいな重厚なもの。まるで王族になって高台のお城から領地を見下ろしているみたいな不思議な気分だ。

「ああ……内装はミラノと同じようにしろというので、あまり新しくはならなかったな。しかしそのオーソドックスなところが、古くからの顧客に受け入れられたようだね。あまり斬新にするのも考え物ということか」

向かい側でエスプレッソを飲んでいたヴィットリオさんが、さりげない口調で言う。

「……え？」

オレが聞き返すと、彼は、ああ、と笑って、

「私のいる一族……ヴィットリオ家は、代々ホテル経営もしている。ここを主にデザインしたのは建築デザイナーの私の叔父《おじ》なのだが、親戚ということでかなり手伝わされたんだ」

「ええっ？」

このホテルを経営するヴィットリオ家というのは、世界的な大富豪だ。たしかに名字は聞いたことがあると思ったけど……まさかその一族の人だったなんて……！

「そんなにハンサムで、才能もあって、由緒正しい一族の出だなんて……」

オレはちょっとドキドキしてしまいながら、思わず言ってしまう。

「……デザイン業界では、あなたはとんでもないカリスマと言われていますが、それもなんだかわかる気がします。まさに、現代の王子様って感じですよね……」

「え？」

不思議そうな顔をされて、オレは頬がカアッと熱くなるのを感じる。

「あ、すみません、ヘンなことを言って。オレ、前からずっとあなたのファンなので舞い上がっているのかもしれません」

「いや、嬉しいよ、ファンだと言ってもらえて」

彼が優しい声で言ってくれて、オレはホッとする。彼はいたずらっぽい顔で、

「実は、君が私のファンだということはプレゼンの時から気づいていたけれどね」

「……は？」

オレが目を丸くすると、彼は笑みを深くして、

「部屋に入った時から、熱い視線を感じていた。しかも目を上げるたびに君と視線が合った。

さらに君は目が合うとすぐに頬を染めて目をそらしたし……」

彼の言葉に、オレは真っ赤になってしまう。

「うわあ、すみません！　憧れていたアラン・ヴィットリオさんがいきなり目の前に現れたので、思わず観察してしまって……」

「謝ることはない。それを言うなら、私も君をつい観察してしまったし」

彼は言って、ふいにオレの足元を指差す。

「きちんとスーツを着ていたのに、足元は今日と同じスポーツシューズだったよね？」

言い当てられて、オレは思わず頭を抱える。

「……ああ……気づかれていたなんて……恥ずかしくて、なんだか泣きそうです……」

彼は俺の言葉に声を上げて笑って、

「大丈夫。私も学生時代、君と同じ失敗をしたことがある。しかも『世界デザイン会議』の会場でね。後で教授にさんざん叱られたよ」

「本当ですか？」

オレはその言葉にホッとし……それから思わず笑ってしまう。

「雲の上の人だと思っていたあなたが、そんな失敗をしてたなんて。なんだかちょっと親近感を覚えてしまいます」

「それならよかった。ええと……そういえば、君の名前を私はまだ知らないんだが？」

彼の言葉に、オレは驚いてしまう。そういえば、プレゼンの場で自己紹介をしたのは鴨田さんだけだった。しかも会社名も言わない、かなり適当な感じで。

「失礼しました！　オレ、丘崎光太郎と言います！」

オレは隣のソファに置いてあったメッセンジャーバッグを取り、お財布の中から嘉川所長が作ってくれた名刺を取り出す。それを彼に渡しながら、

「よろしくお願いいたします」

「どうもありがとう」

彼はそれを丁寧な仕草で受け取り、ローテーブルの上にそっと置く。それからスーツの上着の内ポケットから、お洒落なシルバーの名刺入れを取り出す。

「私も名刺を渡しておくよ。『ヴィットリオ・デザイン』所長のアラン・ヴィットリオだ」

「どうもありがとうございます」

オレはドキドキしながらそれを受け取り、手のひらで包み込む。

……ああ、帰りにデパートにでも寄って、名刺入れを買わなくちゃ。財布なんかに入れて、ヴィットリオさんの名刺が折れたら大変だ。

「私はミラノでの活動が中心で、日本での仕事は去年から始めたばかり。なので、まだ決まった家がなく、このホテルに長期滞在している。オフィスはここから見下ろせるほど近いしね」

彼はすぐ近くに聳《そび》える大きくてお洒落な高層ビルを指差す。オレは慌てて手の中の名刺に目を落として、

「うわ、『ヴィットリオ・デザイン』って、林ビルの最上階なんですか。すごい！」

「まだメンバーを集めたばかりで、なかなかまとまらないけれどね」

彼は言い、それからオレの名刺を見下ろして、

「『カガワ・デザイン』は働きやすい？」

ふいに真面目な声になって言う。オレは、

「ええと……所長のはからいで一応名刺を作っていただけたんですが……実はまだ学生で、ただのアルバイトなんです。だからあんまり内情はわからなくて」

「アルバイト？」

彼は、とても驚いた顔をする。

「ずいぶん若く見えるとは思ったが……」

「武蔵川美術大学、デザイン学科の三年に所属しています」

オレは言って、財布から出した学生証を彼のほうに向けて置く。

「先月から『嘉川デザイン事務所』でアルバイトを始めました。だから本当は、ソミーのプレゼンテーション会場みたいな華々しい場所に出入りできるような身分じゃないんです」

「まだ学生だったのか……驚いたな……」

彼はため息をつき、手で髪をかき上げながら言う。

「実は、君が働いている『カガワ・デザイン』の所長のカガワとは、学生時代からの友人なんだ。カガワもミラノに留学していたことがあるだろう？　その時に同じ教授に師事していたんだ」

「そうなんですか！」

「そして……実は、先日、カガワに会った時に少し聞いてしまった。とても優秀な若いデザイナーがいるが、あのカモタ氏のアシスタントをしているおかげでいろいろと苦労をしてしまっていると」

真っ直ぐに見つめられて、オレは思わず動揺してしまう。

「……ええと……今、鴨田さんのアシスタントをしているのはオレだけです。もしかしたらオレのことかな……？」

「率直に聞くよ。……この間のプレゼンのコンセプトデザイン、あれを考えたのは、カモタではなくて君なのか？」

いきなり言われて、オレは思わず動揺する。

「そ、それは……」

言いながら、鴨田さんに口外しないように念を押されたことを思い出す。

「……いえ、あれは……」

真っ直ぐに見つめられて、冷や汗が出る。オレは思わず俯いてしまいながら、

「……あのデザインは、すべて鴨田さんの手がけたもの。プレゼンボードもすべて彼が作りました。オレはただ……」

なぜだか、胸が強く痛むのを感じる。なんだか自分が、ものすごく惨《みじ》めになってくる。

「……荷物持ちとして、あそこに同行しただけです……」

「ああ……悪かった。そんな泣きそうな顔をしないでくれ」

彼は申し訳なさそうに言って手を伸ばし、ローテーブル越しにオレの髪をそっと撫《な》でる。

「私が悪かった。そのことに関する話はおしまいにしよう」

彼の言葉に、オレはちょっとホッとする。もちろん、心の中にわだかまった今の仕事への迷いは、まだ渦巻《うずま》いたままだったけど。

それから彼とオレは、デザインに関してたくさん話をした。彼との話は時間を忘れるほど楽しく、彼の秘書さんから電話が入るまで、オレ達は話し込んでしまった。

そしてオレは決心した。

どんなことがあっても、デザイナーとして頑張らなくちゃいけない。それは自分を認めてもらうためではなくて、依頼してくれたクライアントのために。

◆

……ともかく、目の前の仕事を頑張らなくちゃ……！

ヴィットリオさんと会ってからのオレは、一念発起して飴のパッケージデザインに没頭していた。

……あの夫婦のすごいこだわりを、ちゃんと形にしなきゃ……！

鴨田さんはいつものようにすべてをオレに丸投げしていた。だからオレは『のんき堂』の社長夫妻と直に話をし、製品名を変える許可をもらった。

……やっぱりこれは、ただの黒飴ではなくて、『のんき堂』の『のんき飴』でいきたい！

「先生、いかがですか？　このコンセプト」

嘉川所長が、膝を乗り出しながら聞く。座卓を挟んで座っている和服の男性が言う。

「うん、なかなかいいですね。それにこんな飴なら、僕も食べたいですよ。最近、のんきになれる時間が少ないですしねえ」

彼は竹田洸龍《たけだこうりゅう》先生。人間国宝である書家・竹田國龍《こくりゅう》先生の孫で、まだ三十歳の若さにもかかわらず、自身も日本有数の書家だ。厳格な芸術家だったお祖父《じい》さんとは違って、彼は「書の素晴らしさを日本人に知ってもらいたい」と言ってテレビにもよく出演しているし、いろいろなデザインにも積極的に協力してくれる。有名なパマソニックの薄型液晶テレビ『煌』のロゴを書いたのは彼だし、ほかにも映画『双鳥の城の七人』、大河ドラマ『山の如く』のタイトルも彼の書だ。

信じられないほど顔の広い嘉川さんに、「書道家の先生にお知り合いはいませんか？」と相談したのはオレなんだけど……まさか、こんな日本有数の書家を紹介されてしまうとは思わなくて、まだ呆然としてしまってる。

「いかつい書体ばっかり知られちゃってるけど、僕、のんびり系の書もけっこう書くんですよね。土日はここで手紙教室もやってるし」

彼は言いながら筆をさらりと動かして、柔らかな文字を半紙に書く。

「こんなのはどう？」

彼が見せてくれたのは『のんき飴』という文字。ふんわりと丸い書体は、まるで風に乗って飛んでいく、たんぽぽの綿毛みたいなイメージで……。

「うわ、可愛いです……！」

オレは思わず身を乗り出しながら言う。

「ターゲットは疲れてしまっている若い女性なので、そういう可愛くて、丸くて、軽くて、ふんわりした感じ、すごくいいです……！」

「本当に？　じゃあ、こんなのは？」

先生は別の筆を取り、今度はもうちょっと薄めの墨で書いてくれる。今度は山にたなびく霞《かすみ》みたいな感じで、なんだか甘そうな……。

「うわ、すごくお洒落です。これもいいですね……！」

「本当に？　じゃあこういうのとか……」

言いながら、半紙にどんどん新しい字を描いてくれる。隣にいた嘉川さんが苦笑して、

「光太郎くんは、本当に乗せるのが上手だな。いいものができそうで、私も安心だよ」

◆

書家の先生の協力で、『のんき飴』のロゴはものすごくいい感じに出来上がった。甘くて、ふんわりして、心が軽くなるような……という理想的なイメージで書かれたそれは、可愛くて、ものすごくいい感じで……オレは感動してしまった。

「よし、プレゼンボードもこれでオッケー！」

今日は、社長夫婦の前で本格的なプレゼンをする日。オレはちゃんと忘れずに革靴も持参して、すでにスーツに着替え終わってる。

オレが提案したのは、墨字を中心にした和風のパッケージ。袋ではなくてコンビニで売れるような小型の箱とスティック状のパッケージを二種類デザインした。これなら、ターゲットである『少し疲れてるけどバリバリ働く女性達』にも手に取りやすいはずだ。

「光太郎くん、用意できたぁ？　社長夫婦、もうミーティングルームに来てるみたいよ」

例によってギリギリまで出かけていた鴨田さんが、顔を出す。オレは慌ててうなずき、

「すぐに行けます」

オレは鴨田さんと並んで、ミーティングルームに入る。そこになぜか嘉川所長をはじめとするデザイン室のメンバーが並んでいたことに驚いてしまう。嘉川所長はにっこり笑って、

「社長さん達は、私とも古い付き合いでね。ちゃんと許可はいただいてるから」

彼は言いながら、なぜか小型のビデオカメラをセットしている。

「後学のために、プレゼンのビデオを撮らせてもらうよ。……さて、気にせずにプレゼンを始めてくれないか？」

所長の言葉に、鴨田さんがオレの手にあった脚本をひったくる。

「鴨田です。プレゼンを始めさせていただきます」

今日もプレゼンをしたのは鴨田さんだったけど……事前の説明もまともに聞いてくれなかったから、彼の言うことはしどろもどろ。途中からオレが交代することになった。

「……というコンセプトを考えております。どうもありがとうございました」

オレが言うと、デザイン室の面々から拍手が上がる。鴨田さんはなぜかムッとした顔でそっぽを向いて押し黙っている。きっと、オレの脚本のルビが不足して、漢字がまともに読めなかったことに腹を立てているんだろう。

社長夫婦が席を立ち、オレと鴨田さんに向かって歩いてくる。

「素敵なものを本当にありがとうございます」

「おかげさまで、とてもいいものができると思います」

彼らは、オレと目を合わせて御礼を言ってくれた。最後の打ち合わせにおざなりに顔を出しただけの鴨田さんではなく、何度も話をしていたオレが主導権を握っていたことを、彼らは気づいてくれていたんだ。

オレは鴨田さんに少し悪いと思いながらも……ちょっと感動してしまったんだ。

アラン・ヴィットリオ

……光太郎は、どうしているだろう……？

話しかけてくる人々に挨拶を返しながらも、私は彼のことばかりが気になっている。

「今夜の主役が、そんな上の空で。またあの子のことばかり考えていますね？」

隣に立った芳野が、呆れたように言う。

ここは麻布にあるイタリア大使館。私が内装デザインを手がけた新館が完成したことを祝って、イタリア大使が企画してくれたパーティーだ。

クラシカルなイタリアをコンセプトにした内装デザインは納得の行く出来だし、蠟燭《ろうそく》を多用したパーティーの演出も素晴らしい。集まったゲストはみなタキシードとイブニングドレス。クラシカルな内装のここで正装した人々が笑いさざめく様子は、まるで古い映画のようで、見ているだけで苦労が報われる。

招待客は、日本国内のＶＩＰだけではなく、海外から来たデザイン関係者も多い。もちろん私のデザイン事務所のメンバーも全員招待された。普段はラフな服装ばかりのデザイナー達が、全員で正装したところはなかなかの見物だった。しかし意外にも全員が社交的で、楽しそうにゲスト達と話したり、ご馳走《ちそう》を堪能したりしている。

……粋なイタリア大使のはからいで、美術や建築に詳しいゲストを揃えてくれたことも、彼らが楽しんでいる大きな要因かもしれないが。

だが……私の心には、いくつかのことがずっと引っかかっている。

「彼のことも気になるのだが……」

私は言い、気になっていることを口にする。

「……彼が手がけた仕事も心配だ。嘉川にさりげなく聞いてみたが、『彼はやるだけのことはやったからね』としか教えてもらえなかった」

「仕事……ああ……『のんき堂』の飴のパッケージデザインですね。そんなに気になるなら、『のんき堂』の社長夫妻に直接連絡をしてみたら……あっ」

芳野は急に声を上げ、それからにやりと笑って、

「ちょうどいいところに、ちょうどいいゲストが来ています。……伊沢社長！」

芳野が声をかけた先には、世界的なシェアを誇る『ラ・カフェ』の伊沢健吾《けんご》社長がいた。

彼はあの『のんき堂』の社長夫妻の甥《おい》に当たる人でもある。

「おお、ミスター・ヴィットリオ、それに芳野さん！」

彼は気さくな笑みを浮かべながら、近づいてくる。『ラ・カフェ』が出しているエスプレ

ッソメーカーのデザインと、そのCMのコンセプト・デザイン、それに彼の会社のビルの内装デザインをいくつか手がけたことがあるので、彼とは面識がある。世界有数の大企業の社長の御曹司ではあるが、若い頃はずっとインスタントコーヒーの加工工場で修業を積んでいたらしい。社員達の苦労を理解している、いい社長だ。

「今回はおめでとうございます！『ヴィットリオ・デザイン』っていうと最先端のデザインというイメージですが、クラシカルなのもいいですねえ。だけど古臭くは絶対にならないところがさすがです」

伊沢社長は美術にも詳しい趣味人なので、今回のパーティーに招待されたのだろう。彼に褒めてもらえたことで、芳野が嬉しそうに微笑んでいる。

「ありがとうございます。ところで、ずっと気になっていたのですが……」

私が言うと、伊沢社長は、ああ、と声を上げ、

「もしかして『のんき堂』の黒飴の件ですか？」

彼の察しのよさに感謝しながら、私はうなずく。

「はい。あれはぜひやってみたい仕事ではあったのですが、どうしてもスケジュールが合いませんでした。その後どうなったのか、ずっと気になっていました」

「お忙しいあなたに依頼を入れようとしてしまって、逆に申し訳なかったですねえ」

伊沢社長は鷹揚《おうよう》に笑い、

「あの件では、『嘉川デザイン事務所』さんに本当にお世話になってしまいました。まあ、手がけてくれたのは、嘉川さんでなくてあそこの若手デザイナーさんだったんですが」

鴨田は三十代に見えたので、ベテランとは言われないだろうが……若い人間の多いデザイン業界では、若手と言われるには無理があるような……？

「若手デザイナー……ですか？」

私が言うと、彼はうなずいて、

「叔父と叔母にさんざん話を聞かされましたよ。まだ学生さんみたいな若い子で、でも気が利くし、センスはいいし、親切だし……とね。名前は、丘崎光太郎くん。そんなにいいデザイナーさんなら、将来のために私も名前を覚えておかなくちゃね」

彼の言葉に、私は驚き、そしてとても安堵《あんど》する。彼が手がけた優れたデザインが鴨田の手柄になったのかと思うだけで、とても気の毒だったのだが……。

「叔父と叔母は、知り合いに進められるまま、鴨田さんというデザイナーに頼んだらしいんですが、どうやらその人、最近はあまり評判がよくないみたいで……」

社長は、言いづらそうに声をひそめる。

「だからかなり心配していたんですが、デザインや打ち合わせに関しては、その若手のデザイナー、丘崎くんがすべて担当してくれたみたいです。だからとてもいいデザインに仕上がったと喜んでいましたよ。ただ……」

彼は言葉を途切れさせ、少し心配そうな声で、

「デザインが上がった途端に鴨田さんが横から入ってきたらしく、叔父と叔母はきちんとした製品に仕上がるか、少し心配していました。まあ、パッケージの製作を依頼するのは、『嘉川デザイン事務所』の嘉川所長がよく使っている工場みたいで……だから出来上がりに関しては、嘉川さんがちゃんとチェックしてくれるみたいですけど」

彼は言い、それから苦笑しながら、

「最初に担当してくれた丘崎くんのことも、叔父と叔母は気になっているようですね」

その言葉に、私はドキリとする。

「気になっている……というと？　何かありましたか？」

私が言うと、彼は小さくため息をついて、

「鴨田さんは『これから先の交渉はすべて私が』と言い出して、丘崎くんが関わるのをやめさせようとしているようです。なんだか横から手柄を取り上げるみたいで、気持ちのいいものではないですよねぇ……って、これはちょっと言いすぎました」

彼は手のひらで自分の額を叩き、それからさりげなく話題をそらす。私はそれに答えながらも、また光太郎のことを考えていた。

とてもやる気に満ちていた光太郎は、製品が出来上がるまでのすべての工程を見届けたかったはず。それがデザイナーの心理というものだろう。しかし、途中から鴨田にすべてを持

っていかれた格好になっているとは……。
私は、目を輝かせていた光太郎の顔を思い出して、胸が痛むのを感じる。
……自分がこれから関われないと知ったら、彼はショックを受けるのでは……？

丘崎光太郎

……あれから音沙汰《おとさた》がないけど……本当に大丈夫なのかな……？

『のんき堂』のプレゼンから一週間。オレが作ったデザインコンセプトが採用になり、オレが描いたデザイン画がそのまま採用されたけど……その後どうなったのか謎のままだ。

この後は鴨田さんと製造ラインのほうで打ち合わせをすることになるんだけど……実は出来上がりが心配で……。

「さて、面倒くさいけれど、工場の生産ラインとの打ち合わせに行ってきますよ」

席から立ち上がった鴨田さんが、ため息をつきながら言う。

「あの、鴨田さん」

オレは慌てて立ち上がって、

「勉強のために、工場との打ち合わせを見学させていただけませんか？」

「はああっ？」

鴨田さんは目をつり上げ、いきなり激怒したように叫ぶ。

「あれは自分のデザインだとでも言いたいのか？　俺の名前があるから仕事ができたんだろう、わかってるのか？」

いきなりの剣幕に、オレは気圧される。思わず嘉川所長のほうを振り返るけれど、所長は「鴨田に言っても無駄だよ」という顔でかぶりを振る。

……アシスタントであるオレの仕事は、きっとここまでなんだ……。

オレは思い、つらい気持ちで鴨田さんに頭を下げる。

「アルバイトなのに、生意気なことを言ってすみません。いってらっしゃい」

「わかりゃあいいんだよ、わかりゃあ！」

鴨田さんは怒鳴りながら廊下に出て、乱暴にドアを閉める。オレは立ちすくんだまま、泣いてしまいそうになる。

……本当なら最後までやりたかったけど……これがアルバイトの、そしてアシスタントの限界なんだろうな。

オレの落ち込みを心配したのか、所長が早目に帰るようにと言ってくれた。オレはメンバーに挨拶をし、暗い気持ちで事務所を出たんだ。

◆

新宿から中央線に乗り、西荻窪で降りる。オレの住んでいるアパートは、駅から徒歩七分。築三十年というとんでもなく古い建物だけど、もともと日本通の欧米人のお金持ちが建てたお屋敷だったらしく、中の造りはかなり趣き深い。西荻窪にはアンティークのインテリアショップや日本の古い道具を売っているような店が多いんだけど、そういう店で買ってきたものがとても映える。古い建物だしエアコンなんかないから、夏は暑いし冬は寒い。だけど、オレはけっこう気に入ってるんだ。

「夕食……なんにしよう……？」

オレは駅前通りを歩いてスーパーに向かいながら、献立を考える。外で食べてもいいんだけど、料理に集中すれば、落ち込んだ気持ちも少しは薄れそうだし……。

思った時、斜めがけにしていたメッセンジャーバッグの中で、携帯電話が振動した。

……うわ、鴨田さんからの呼び出しか……？

オレがアルバイトを入れていないのは、週に二日、水曜日と金曜日だけ。それ以外は学校から直行して夜中までフルで働いているんだけど……鴨田さんは休日でも終業後でもおかまいなしにメールや電話で呼び出しをしてくる。しかもわざわざ行ったら雑用だったりして……もちろん断れないけれど、やっぱりちょっとうんざりする。

オレは暗澹たる気持ちになりながら電話を取り出し、フリップを開いて……。

「えっ？」

そこに表示されていたのは、鴨田さんの名前ではなくて……。

「……ヴィットリオさん……？」

表示されていたのは、この間登録したばかりの、ヴィットリオさんの携帯メールのアドレスだった。でも、彼が名刺をくれたのはただの義理。だからきっと、オレに連絡をくれることなんかないだろうって、ちょっと残念に思ってて……。

……あのヴィットリオさんが、オレの携帯にメールをくれるなんて……。

オレはなんだか不思議なほど嬉しくなりながら、メールの本文を受信する。

『唐突だが、一つお願いがある。もし時間があったら、これから一緒に食事をしないか？一人で食べるのが急に寂しくなった』

完璧な大人に見える彼の意外な言葉に、オレは笑ってしまう。

……なんだか、ちょっと可愛いかも？

オレは思いながら、彼のメールに返信する。

『本当ですか？　それならぜひご一緒に。今日はもうアルバイトが終わったので、家に帰って何か作ろうと思っていたところです』

しばらくしたら彼から返信が来るだろう、と思いながらフリップを閉じたオレは、いきなりの着信音に驚く。液晶を見ると、そこには……。

「わ、ヴィットリオさん……？」

オレは慌ててフリップを開き、通話ボタンを押す。

「はい。丘崎です」

『ヴィットリオです。……君は、料理をするのか？』

いきなり言われて、オレは面食らってしまう。

「あ……はい」

『実は私は、日本料理というものに興味があるんだ』

「日本料理……ですか？」

オレの脳裏に、凝った懐石料理や、カウンターで食べるような高そうなお寿司がよぎる。

彼はすごくお金持ちだろうから、きっと彼が言っているのはそういうもののことだろう。

「オレが作れるのは、普段の食卓に出すようなただの家庭料理で、正式な日本料理と呼べるようなものではありません。もし興味がおありでしたら、そういうお店を探すほうが……」

『訂正しよう。日本の、一般的な家庭料理というものに興味があるんだ』

「ええと……それなら、少しはお役に立てるかもしれません。あの、よかったら今からうちにいらっしゃいませんか？」

『本当に？』

彼がやけに弾んだ声で言い、オレは思わず笑ってしまう。

「もちろんです。部屋は狭いですけど……建物自体は、ちょっと個性的で面白いです」

『本当に？　とても興味がある。……とても楽しみだ』

彼の声が急に低くなり、オレはなぜかドキリとする。改めて思うけど、彼は本当にセクシーな美声で……。

「お役に立てるといいんですが……ええと、今、どちらにいらっしゃるんですか？」

『渋谷のオフィスだが』

「オレのうち、中央線の西荻窪なんです。来方、わかりますか？」

オレは言ってから、彼が一人で電車に乗ることを想像してみる。

……うわあ、すごく似合わない。しかもめちゃくちゃ目立ちそう。

『車で行こうと思うが、大丈夫だろうか？　カーナビゲーションがあるので、住所を教えてもらえれば、君の家のそばまで行けると思う』

オレはアパートの住所と簡単な来方を説明する。それから、

「近くまで来たらまた電話してくださいね」

オレは慌てて言う。なんだか、このまま聞き惚れてしまいそうだったんだ。

……いや、男のオレが聞き惚れることはないんだけど……。

『わかった。とても楽しみだ』

彼が言い、電話が切れる。

……メニュー、なんにしよう？

……ここに、ヴィットリオさんみたいな有名人を呼んでもいいんだろうか？

◆

買い物を終えて部屋に戻ったオレは、自分の部屋を見渡しながら呆然と思う。

この建物の内装は、大正モダンってイメージ。いろいろな場所にアール・デコと和風を融合させたような独特のデザインが施されている。

オレが住んでいる一〇五号室は、艶のある木材を張った床と、漆喰《しっくい》の壁、黒い梁《はり》の渡る高い天井を持つ部屋だ。窓からは大家さんが丹精込めて手入れしている中庭を見られるんだけど……窓には洋風のデザインとちぐはぐな凝った雪見障子がある。

部屋は二間で、八畳ほどあるリビングと、六畳の寝室。もともと荷物は少ないほうだから、リビングの入り口にある小さな物入れと寝室の押入れだけで、余計な家具はおかずに済んでいる。

リビングの床の上には、古道具屋で買ってきた朱塗りの長方形の座卓。最大で六人は座れる大きなものだから、学生仲間の友人が集まる時にはすごく重宝する。座布団代わりに暗紅色のチャイナシルクのクッション、部屋の隅にはアジアン家具の古道具屋さんに通って見つけた黒い清朝家具が置いてある。黒い漆塗りとところどころに施された螺鈿《らでん》がすごく気に入っているものだ。

寝室には、やっぱり古道具屋で買ってきた大きなベッドが置かれてる。彫刻が施された西洋風のヘッドボードを持つもので、大きいからこれを置いただけで寝室はいっぱいだ。売っていたのは枠だけで、ベッドのマットレスは、量販店で新しいのを買った。スプリングも一応ちゃんとしているし、寝心地はじゅうぶんいい。

……いや、迷ってる場合じゃない。彼が来るまでに、準備をしなきゃ！

俺が考えたメニューは、赤味噌《みそ》のシジミのお味噌汁と炊き立てご飯のほかに、肉じゃが、焼きナス、鶏の照り焼き、大根の和風サラダ、ネギのぬた、みょうがを添えた冷や奴……などのいかにも典型的な家庭料理ばかりだった。実家のお祖母ちゃんが送ってくれた漆器やアンティーク陶器の食器に盛りつけると、ちょっと格好よく見えて、オレはお祖母ちゃんに感謝する。

そして一時間後。ちょうど出来上がった頃にヴィットリオさんが到着した。イタリアンレッドのファラーリ社の最新モデル『ＰＤⅡ』。プレゼンの時に見たあの格好いい車が彼のものだったと解って、オレはちょっとドキドキしてしまった。

オレは大家さんに相談して、敷地内にある居住者用の駐車場に彼の車を停めさせてもらった。どちらにしろオレは車なんか持っていないので、一スペースがまるまる空いていたし。

「すごいな。こんなに個性的で素敵な物件に住んでいるなんて、うらやましいよ」

アパートの中に案内すると、彼は感動したようにたくさん写真を撮る。たしかに被写体としてとても面白いだろう。オレは自分の部屋の前に立ち止まり、ドアを大きく開く。

「どうぞ。食事の準備もできてますから」

言って、彼を部屋に招き入れる。オレの作った料理を見て感激した様子で、その写真をたくさん撮った。

「素晴らしいな。これを一人で作ってしまったのか？」

彼は俺が勧めたクッションに胡坐《あぐら》をかきながら、料理を見渡す。

「いかにも家庭料理って感じのものばかりなんですが……」

オレは言いながらお茶を入れて彼の前に湯飲みを置き、向かい側に腰を下ろす。

「……どうぞ、冷めないうちに。お口に合うと嬉しいんですが」

「日本人のそういう慎《つつ》ましいところが、私はとても好きだ。……さっそくいただくよ」

彼は言って、箸《はし》を取る。

彼の長い指に支えられると、オレの箸はなんだかすごく華奢《きゃしゃ》に見える。彼はとても優雅にそれを扱う。

背筋を伸ばした美しい姿勢でおつゆを飲み、お椀《わん》をそっと置いてから箸を肉じゃがの入った小鉢にのばす。

肉じゃがに使ったのは小ぶりのじゃがいも。形があんまり可愛いから皮をむいて丸いまま使ったんだけど……。

「すみません、じゃがいも、丸いから滑りやすいかもしれません」

オレが慌てて言うと、彼は少し緊張したような顔で、

「忠告をありがとう。箸を滑らせて君が作ってくれた料理を落としてしまったら、一生の不覚だ」

言いながら、箸の先でじゃがいもを慎重に摘む。そしてゆっくりと口に運ぶ。彼の箸使いが危なげなかったことに、オレはちょっとホッとする。もしも食べづらそうだったら、次からは食材の形にも気をつけるか、フォークを用意しなきゃ、と思っていたから。

「……ああ……」

じゃがいもを飲み込んだ彼が、うっとりとした声で言う。

「……だしがきいていて、とても上品な味だ。砂糖と醤油《しょうゆ》の配合……甘さと辛さとのバランスも完璧に思える」

彼は目を上げてオレを見つめ、ふいに笑みを浮かべる。

「とても美味しい。私は君が作ってくれた料理の味がとても好きだ」

やけに優しい声で言われて、頬がふわりと熱くなる。

「あ……ありがとうございます。お口に合わなかったらどうしようかとちょっと心配だったので……」

「心配することなどない。君は素晴らしい料理の腕を持っている」

彼は真面目な顔になって言い、それから皿に目を落として、

「さめないうちにいただくよ。お腹《なか》が空いているんだ」

都会的で優雅なルックス、完璧な箸使い。だけどその食欲は、まるで運動部の高校生男子みたいで……なんだかものすごく微笑ましい。

彼は一つ一つの料理に関する感想（褒め言葉ばかりで照れてしまった）を言いながら、自分の皿を空にしていく。彼のお茶碗が空になったのを見て、オレは、

「あの。ご飯はたくさんありますので、よかったらおかわりしてください」

「オカワリ？」

不思議そうに言われて、オレは思わず微笑んでしまう。

「日本には、ごはんを何杯でも食べていいという習慣があります。もっと食べたかったら、お茶碗を差し出して『おかわり』と言ってください」

彼は空になった自分のお茶碗を見下ろし、それからやけに嬉しそうな顔で、それを持ち上げてオレに差し出す。

「オカワリ」

……うわあ、なんだか……。

オレは思わずドキドキしてしまいながら思う。

……この人ってほんと可愛いかも……！

「はい」

オレは彼の手からお茶碗を受け取り……その拍子に指と指が触れたことにさらにドキドキしてしまう。

……ああ、もう。どうしちゃったんだろう、オレ？

オレはお茶碗を持ってキッチンに行き、土鍋の蓋を開く。

「量は？　多めですか、少なめですか……うわ！」

オレは言いかけ、彼がすぐ後ろに立っていたことに驚いてしまう。彼は興味深そうにオレの肩越しに土鍋の中を覗き込む。

「ゴハンというものは日本料理の店で何度も食べていたけれど……こういうもので炊いていたのか」

感心したように言い、オレに間近に微笑みかける。

「君の炊いたごはんは、香り高くて、甘みがあって、とても美味しい。多めで」

……うわあ……。

オレは、頬が熱くなるのを感じて、慌てて彼から目をそらす。

「わ、わかりましたっ。ええと……持って行きますから座って待っていてくださいね」

オレが言うと、彼は、

「わかった」

素直に言って、席に戻っていく。

……あんなすごいハンサムのくせに、あんな少年みたいな顔で微笑むなんて本気で反則だ。男のオレでもクラクラするし、もしもオレが女の子だったら絶対に恋しちゃってる。

オレは心臓が壊れそうなほど鼓動が速いのを感じながら、彼のお茶碗にごはんをよそう。

……彼のおかげで、すごく元気になれたかも。感謝しなきゃ。

オレは思うけれど、元気を通り越して、なんだか浮かれてしまっているかも。

……っていうか、さっきからオレ、ドキドキしすぎだってば。

「どうぞ」

彼が言いながら、私の前に茶碗《ちゃわん》を置く。優雅な所作、しなやかな美しい指に、思わず見とれる。彼はふいに顔を上げ、ふいに楽しそうな笑みを浮かべる。

「ごはん、気に入っていただけてよかったです」

彼は、私がお茶碗の中のごはんに見とれていると思ったのだろう。彼の無邪気な言葉に私は微笑《ほほえ》んでしまう。

伊沢《いざわ》社長から話を聞いて、私は光太郎《こうたろう》が落ち込んでいるのではないかと、心配でたまらなくなってしまった。そのために彼を食事に誘おうとしたのだが……彼が料理をすると聞いて、ついそれに便乗してしまった。

急に自宅に押しかけて図々《ずうずう》しいと思われたのでは、と心配になっていたが、彼はとても優しく歓待してくれて、私はとてもホッとした。しかも彼の家はなかなか見られないような魅力的な建築。さらに彼の手料理はうっとりするほど美味《おい》しかった。

「このお米、実家から送ってもらってるものなんです。そっちのほうが美味しいから、頑張って土鍋《どなべ》で炊いてるんですよ。艶《つや》がよくて綺麗《きれい》でしょう？」

「ジッカ？」

私が聞いたことのない単語を聞き返すと彼はうなずいて、

「ええと……ジッカというのは両親が住んでいる場所のことですね。オレ、九州の大分県の出身なんです。すごい田舎《いなか》で……高校なんか、田んぼの真ん中にあって……」

彼は箸《はし》を取りながら、少し照れたように言う。

「東京の美大に進学して、あまりの煌《きら》びやかさに目が眩《くら》みました。しかも、今なんか……」

彼は真《ま》っ直《す》ぐに私を見つめて、

「……ずっと憧《あこが》れていたヴィットリオさんと向かい合って、二人きりでごはんなんか食べちゃってて……」

彼はふいに頬《ほお》をバラ色に染めて、

「……なんだか、夢みたいです。っていうか夢じゃないかな？」

照れたような声に、私の胸が激しく締め付けられる。

「……いえ、もちろんごはんだけじゃなくて、あなたのプレゼンをそばで見られたなんて、オレにとってはものすごく光栄なことでした」

彼が少年のように笑い、真珠のように白い歯が覗《のぞ》く。

「……なんだか、前よりもずっとあなたのファンになってしまったみたいです」

……可愛《かわい》い。愛《いと》おしい。だが……私がゲイで、君の一挙手一投足に見とれてしまっていると解《わか》ったら、彼はもうこんな無防備な笑みは浮かべてくれなくなるだろうが。

今まで、自分は恋愛には向かない人間だと思ってきた。自分が本気で誰かを好きになるなどとは、想像すらしていなかった。なのに……。

……彼に会うたびに、急激に心を奪われていく。私はやはり、この麗しい青年に本気で魅《ひ》かれているようだ。

私は嘉川《かがわ》から聞いた報告を思い出し、そして思い切って彼に言う。

「実は……急に君を誘ったのは、話をしたかったからなんだ。もちろん、日本の家庭に関する資料を集めているのは嘘《うそ》ではないし、こんな素敵なところでこんなに美味しいものを食べられてとてもラッキーだったのだが」

私が言うと、彼は大きく目を見開く。

「オレに、話？　なんでしょうか？」

「『ノンキドウ』という会社を知っているね？」

私の言葉に、彼は驚いた顔をする。

「それはもちろん。ええと……」

そして、どこまで言っていいのか迷うように口ごもる。私は、

「『ノンキドウ』の社長夫妻は、知り合いなんだ。彼らの関係者に偶然に会って、君の話を聞いたよ。とても親切にしてくれた、才能のある若いデザイナーがいたと」

言うと、彼はさらに驚いた顔をする。

「『のんき堂』の社長さんや奥さんと、あなたがお知り合い？　なんとなく意外な組み合わせですが……」

「正確には、彼らの甥と何度か仕事をしていて、『ノンキドウ』の社長夫妻ともお会いしたことがある。あの飴《あめ》のコンセプト・デザインは……本当なら私が請け負うはずだった」

「えっ？」

その言葉に、彼は本気で驚いた顔をする。

「彼らの仕事に関する熱意はよく知っている。だからぜひ仕事を請けたかったのだが、どうしても断れない仕事が山積していて、残念ながら断らざるを得なかったんだ。彼らがカモタのところに依頼を持ち込んだと聞いて後悔した。だが……あのデザインを手がけたのは、カモタではなく、やはり君だったのだろう？」

彼は、ホテルのカフェで問い詰めた時と同じように、緊張した様子になる。

「……ええと……」

苦しげな顔をする光太郎が、とても不憫《ふびん》だ。だが、きちんと聞いておくべきことは聞いておかないと、後できっと後悔することになる。このままでは、光太郎は鴨田というデザイナーに縛られたまま、その才能をやる気を枯渇《こかつ》させてしまうだろう。

「うちのアシスタントは業界に知り合いが多く、事情通だ。カモタの仕事のやり方は、すでに業界中に知れ渡っているようだよ。……彼が自分のアシスタントの手柄を独り占めにし、自分はデザイン画が出来上がってからしか出てこない、普段は接待と言って遊びまわっているばかりで、すでにデザインなどしていないのだと」

私が言うと、彼は深いため息をつく。

「……オレ……」

彼は沈鬱《ちんうつ》な声で言い、悲しそうにクスリと笑う。

「……あんなやり方は間違ってると、ずっと思ってきました。でも、なかなかちゃんと言えなかったんです」

「カモタがそうなったのは、彼自信の責任だ。君が苦しむことなどない」

私の言葉に、彼は驚いたように顔を上げる。

「……え？」

「君がいくら心配しても、苦しんでも、カモタはやり方を変えようとはしないだろう。もしも君が勇気を出して進言しても、怒るだけに決まっている」

私が言うと、彼は何か思い当たるような顔になる。

「……たしかに……そうかもしれませんね……」

彼は呟き、それから何かが吹っ切れたように小さく笑う。

「そういえば、オレ、ただのアルバイトでした。そんなオレが彼のためにできることなんて……きっとないですよね」

その言葉に、私はふと嫌な予感を覚える。

「まさか……君はあのカモタという男に人間的に魅かれているのでは……？」

思わず言ってしまった言葉に、彼は目を丸くする。そしていきなりプッと吹き出す。

「あはは……いえ、笑ったりしちゃいけないんですけど……」

彼は泣いているような笑っているような顔で言う。

「……そういえば、鴨田さんとは、二人きりできちんと話したことすらありません。食事には何度か誘っていただきましたが、それ以前に彼の代わりにしなくてはいけないことが多すぎて……本当に、ただの使い捨てのアシスタントとしか思われてないんだと思います。勉強さえできれば、それでも全然よかったんですけど……」

彼は、滲《にじ》んだ涙をそっと指先で拭《ぬぐ》って、

「オレ、デザイナーにずっと憧れていて……だから、有名なデザイン事務所で働けたのが嬉《うれ》しくて……だから、ただ、クビになりたくなかったんだと思います」

彼は俯《うつむ》き、ため息混じりの声で言う。

「……ダメですよね、そういうの」

……ああ……。

彼の長い睫毛《まつげ》に、小さな涙の粒が宿っている。瞬《まばた》きをした拍子にそれが弾《はじ》け、ゆっくりと頰を伝い落ちる。

それを見た私の心が、甘く、そしてとても強く締め付けられる。

……この青年を、今すぐにさらいたい。そして、私だけのものにしてしまいたい。

丘崎光太郎

オレは、つい泣いてしまったことを恥ずかしく思いながら食べ終わった食器を片付け、食後のコーヒーをいれていた。これはオレが好きなメーカー、『ラ・カフェ』のブルーマウンテン。ちょっと値は張るけれど、すごく薫り高くて美味しいんだ。

オレは二人分のカップを準備し、ポットと一緒にトレイに乗せて運ぶ。

「どうぞ。ミルクとお砂糖は？」

オレは言いながら、彼の前にカップを置く。彼は、ブラックで大丈夫だよ、と言ってコーヒーを飲み、ふと何かに気づいたかのように、

「これは、『ラ・カフェ』のブルーマウンテン？」

いきなり言い当てられてオレは驚いてしまう。

「はい、そうです。よくおわかりですね」

「会社ではいつもこれを飲んでいる。とても好きなんだ。ところで……」

彼はオレの顔を真っ直ぐに見つめて、

「『ノンキドウ』の社長が、世界一のシェアを誇るコーヒーメーカー、この『ラ・カフェ』の現社長の叔父《おじ》だということは知っている？」

その言葉に、オレは本気で驚いてしまう。

「そ、そうなんですか？　社長も、社長夫人も、朴訥《ぼくとつ》で人好きのする優しい感じの方達だったから……」

オレはふと、彼らに馴《な》れ馴れしくしてしまったことを思い出して、一人で赤くなる。

「いろいろなことをお話ししてしまいました。もしかしたら、呆《あき》れられてしまったかもしれません」

「そんなことはない。彼らは、誠実に接してくれた君に感謝していたはずだ」

彼の言葉に、オレは感動してしまう。

「あなたみたいに有名な方にそんなことを言っていただけるなんて……」

「有名か……」

彼は言って、苦笑する。

「名前だけは知られているかもしれないが……仕事のやり方が変わるわけではない。今でもまだ苦しみっぱなしだ」

彼のハンサムな顔に、オレは思わず見とれてしまう。

……ああ、やっぱり素敵な人で……。

「改めて聞くよ。カモタの仕事のやり方に満足している?」

ふいに聞かれて、オレはドキリとする。それから、

「オレ、まだ学生であそこでしか働いたことがないので、あのやり方が正しいのか正しくないのかわかりません。でも、そういう働き方しかできないのなら、それが自分の実力だと思いますし……」

「やけに弱気なんだな。君はまだあそこでしか働いたことがないんだろう? 決めつけるのは早すぎる。君には見込みがあると思うよ」

その言葉に、オレはさらに驚く。

「本当ですか?」

「本当だ」

彼は深くうなずいて、

「私の事務所では優秀なスタッフを常に探している。よかったら、君をわが社に引き抜きたいんだ」

その言葉にオレは呆然《ぼうぜん》としてしまう。

「でも、オレなんか……」

「またそんな気弱な発言をする。もしもその気になったら、いつでも連絡を」

彼は言って、俺を真っ直ぐに見つめる。

「私は本気なので、覚悟しておいてくれ」

……ああ……これは……夢だろうか？

◆

それから三日後。オレはヴィットリオさんから誘いをもらって、彼が宿泊しているホテルのカフェに来ていた。ここからの東京の夜景はものすごく綺麗で……オレは思わず見とれてしまった。

憧れのデザイナーであるヴィットリオさんと、こんな素敵な場所で向かい合っているなんて、本当に夢みたい。しかも……。

「ところで……返事は考えてくれた？」

彼の真剣な声に、オレはドキリとする。

「すみません、まだ少し迷っています。オレはまだ学生で、アルバイトとしてもまだまだ駆け出しだし……」

「カモタ氏の評判は聞いている。彼の元で働くことが、君のためになるとは思えない」

その言葉に、オレは何も言い返せなくなる。

……たしかに、鴨田《かもた》さんの仕事のやり方にはついていけないと感じてる。だからと言って、別の会社で働くだけの実力があるかと言われれば、自信がない。

「カモタ氏に何か恩がある？　それとも、彼の仕事振りを尊敬している？」

ヴィットリオさんの言葉に、オレはなんの迷いもなくかぶりを振ってしまい……そのことに気づいて苦笑する。

「たしかに、彼のことを尊敬しているとはとても言えません。そんな人の下で働いて自分のためになるのか、実は悩んでいました」

「それなら……」

彼はその綺麗なエメラルドグリーンの瞳でオレを真っ直ぐに見つめて言う。

「私のところに来なさい」

真剣な声、そして真摯《しんし》な眼差《まなざ》し。オレは操られるようにして、思わずうなずいてしまう。

「本当に？」

彼がとても嬉しそうに笑みを浮かべたことに気づいて、オレはやっと自分が何をしてしまったかに気づく。

……うわ、オレ、彼の誘いにうなずいちゃった……！

でも、鼓動が速くて、頬が熱くて、なんだかものすごくワクワクしていて……。

「ええと……オレなんかで役に立つかわかりませんけど、でも……」

オレは勇気を出して、彼の顔を見つめ返す。

「ずっと憧れていたあなたの元で働けたら……すごく嬉しいです……」

オレの言葉に、彼はとても優しそうな顔で微笑んでくれる。

「やっとそう言ってくれた。もう逃がさないよ」

どこか甘い響きのある彼の言葉に、オレはなぜかドキリとする。

……もちろん彼の冗談だろうけど……なんでこんなにドキドキしてるんだ……？

オレは思い……それからまだ途中になっている仕事があることに気づく。

「ええと……たぶん、次のアルバイトの募集もしなくてはいけないので、すぐにやめることはできないと思います。あと一カ月くらいは……」

「わかった。だが、できるだけ早く来て欲しい」

その言葉に、オレはなんだか胸が熱くなるのを感じる。ずっと憧れていたヴィットリオさんから、こんなふうに言ってもらえるなんて。でも、オレなんかで通用するんだろうか？

でも、やっぱりこの機会に彼の事務所で働いてみたい！

アラン・ヴィットリオ

「ほかのメンバーにはまだ言っていないのだが……」

私は、帰り支度をしている芳野《よしの》に向かって言う。

終業後、午後八時。私のオフィスでは残業を推奨していないので、すでにほかのメンバーはいない。部屋にいるのは帰宅前のメールチェックをしていた私と、報告書を書き終えて帰ろうとしている芳野だけだ。

「……なんでしょう？」

芳野は顔を上げて言い、それからにやりと笑って、

「わかった。ソミーのプレゼンで会ったあの美人デザイナーくんのことで何か進展でも？

そんな顔をしていますが」

私は言い当てられたことに少し鼻白みながら、

「ああ……一応、『あなたの会社で働きたい』という言葉をもらうことができた」

私が言うと、芳野はふいにプッと吹き出して、

「世界のアラン・ヴィットリオが、そんな顔をするなんて」

「そんな顔？」

私は思わず自分の顔に手をやる。彼は可笑《おか》しそうに笑いながら、

「まるで、恋の告白に成功した中学生のような顔です。あの子がここで働き始めたらあなたがどんなことになってしまうのか、今から楽しみです。まあ、目の前であんまりラヴラヴされたらちょっとうっとうしいですが」

彼の言葉に、私はため息をついて、

「からかわないでくれ。私は彼を優秀なスタッフとして引き抜くだけで、おかしな下心はない。それに彼は……」

私は言いかけ、思わず言葉を途切れさせる。

二人きりでいる時の彼は、人懐こく、色っぽく……ふいに思ってしまいそうな瞬間がある。もしかしたらこの子は、ゲイで、私に好意を抱《いだ》いてくれているのではないか、と。

……だが、そんな証拠はどこにもない。私の都合のいい解釈でしかないんだ。

「……あの子、ストレートですか？」

芳野が、いぶかしげな顔で言う。

「いやに色っぽかったし、あなたが夢中になっている様子だったので、てっきり相手もゲイで、恋が叶《かな》いそうになっているのではないかと思っていましたが」

「そうではない……と思う」

私の胸が、ふいに強く痛む。

「まだそんな突っ込んだ話ができるほど親しくはなっていない。彼はとても純情で、恋に不慣れなんだ。きっと、女性ともきちんと付き合ったことがないのではないかな」

「はあ……前途多難ですね」

芳野はため息をつき、それから、

「まあ、あなたにはいろいろと恩があります。一応、協力はしますよ。ただ……」

彼はその整った顔に、煌めくような笑みを浮かべる。

「使えない子だったら、泣くほどしごきますから。後で文句を言わないでくださいね」

……うちのスタッフは、本当に怖い。

丘崎光太郎

「本当にすみません。来月で、ここのバイトを辞めたいと思っているんです」

思い切って言ったオレに、鴨田さんはものすごく怒った顔で言う。

「どこか別の事務所に移るんだろう？　もしかしてヴィットリオ・デザイン？」

その言葉に、オレは驚いてしまう。

「どうして、それ……？」

「君が国会図書館でヴィットリオと会っているのを、別のバイトが見てるんだ。あの男、俺の仕事だけでなく、アルバイトまで……！」

鴨田さんのすごい剣幕に、オレは圧倒される。だけど、このままじゃ、まるでヴィットリオさんが悪いみたいで……。

「バイト先を変えると決めたのはオレです。だから、ヴィットリオさんは何も……」

「この裏切り者！　この恩知らずが！」

鴨田さんが、額《ひたい》に青筋を立てながら大声で叫ぶ。

「おまえなんか、こっちからクビにしてやる！」

怒声を浴びせられ、オレは思わず硬直する。彼はオレを突き飛ばすようにしてドアに向かい、そのまま廊下に出て行く。オレはいろいろあったけれど彼にもお世話になっていたんだ、と思いながら、

「今までありがとうございました」

言って、彼の後ろ姿に向かって頭を下げる。彼は応《こた》えないままでミーティングルームを出て行き、壊れそうな勢いでドアを閉める。廊下を遠ざかる足音、エレベーターの到着音。きっとデザイナー室に戻らずに、そのまま階下に下りて出かけてしまったんだろう。

オレは思わず目を閉じ……それから速くなってしまった鼓動を抑えようとして、胸に手を当てて深呼吸をする。

……ただの美大生を雇って、すぐに仕事をやらせてくれたのは鴨田さんだったし、彼のおかげでヴィットリオさんとも出会えた。だからちゃんと感謝しなきゃ。

なんとか落ち着いてから、そっとドアに向かう。恐る恐る開けて廊下を見るけれど、やはり鴨田さんの姿はなかった。

「……あ……」

廊下を突っ切ってデザイン室に入ると、メンバーが顔を上げて残らずオレに注目する。

あの声量なら、きっとここまで聞こえていたんだろう。嘉川所長が心配そうな声で、

「大丈夫？　すごい剣幕で怒鳴ってるのが、ここまで聞こえたけど……」

「すみません。お世話になってたのに急に辞めたいとか……やっぱり失礼ですよね」

オレが沈んでしまいながら言うと、所長が、

「鴨田は君の才能を利用していただけ。面倒なんかまともに見てなかった。恩も義理も感じる必要はないよ」

あっさりとした口調で言ってから、ちょっと不審そうな顔でドアのほうを見る。

「……っていうか、バイトがやめるなんてしょっちゅうなのに、今回はなぜかいつもと様子が違うな」

その言葉に、大原さんが、

「いつも『俺の才能に心酔していないヤツにいてもらっても困る』みたいな横柄なことを言いながら、さっさと次を探し始めますよね」

「うわあ……もしかして……」

心配そうな顔をしていたアルバイトの小阪さんが言い、オレに向かって両手を合わせる。

「ごめん、君のことを国会図書館で見かけたの、俺なんだよね。所長に『図書館で見かけたけど声をかけられなかった』って話をしていたら、鴨田さんに聞かれちゃって……『誰かと一緒だったのか』って問い詰められて……」

「気にしないでください。たまたま会って話していただけで、別に……」

「……ってことは！」

嘉川所長が、身を乗り出しながら言う。

「もしかして、ヴィットリオ・デザインに移るの？　ああ……あんまりおおっぴらに言えないかもしれないけど、ヴィットリオ・デザインなら、いずれどこかのプレゼンテーションでまた会うと思うから」

その言葉に、オレはちょっと迷いながら、

「駆け出しのオレが、そうそうプレゼンテーションに参加できるとは思えないんですが……どこかで会ったら、またよろしくお願いします」

オレは言いながら頭を下げると、デザイナー室の面々が、

「うわあ、すごいな。やっぱりヴィットリオ・デザイン？」

「やっぱり才能があると思ったんだよね」

「この会社辞めたら面接受けに行こうかなあ、その時は口利きよろしくね」

口々に言ってくれて、オレはちょっとホッとする。所長が、

「デザイン業界じゃ、同業他社に移るなんて珍しくないから。そんなに深刻な顔をしなくても大丈夫だよ。……っていうか、俺達みんなかなりホッとしてる。君みたいな才能もあって素直ないい子が、鴨田のとこで飼い殺しにされるなんて、ちょっとひどすぎるからね」

彼の言葉に、みんながうなずいてくれる。オレはちょっと泣きそうになりながら、

「すみません。それから、いろいろとお世話になりました」

頭を下げると、みんなが拍手をしてくれる。鴨田さんの下で働くのはいろいろと複雑なことも多かったけれど、この事務所じたいはすごくいいところだったんだよね。

オレはデスクに置いてあったわずかな私物を紙袋にまとめ、彼らに挨拶《あいさつ》をしてデザイン室を出た。

……そういえば……アルバイト料をもらうのを忘れた……。

ビルを出たところで、ふとそのことに気づく。

オレのアルバイト料は、事務所じゃなくて鴨田さんがじかに出すって言っていた。振込先を聞かれていないから、現金で渡すつもりだったんだろう。ほぼ一カ月働いて、明日か明後《あさっ》日《て》にはバイト料が出るはずだった。残業代はもちろんくれないだろうけど、時給はけっこういい設定だったから、五万円くらいにはなっていたはずだ。

オレは思い……それから夕暮れの空を見上げながら、深いため息をつく。

……オレにとってはすごく高くついちゃったけど……これも社会勉強ってことかな……?

アラン・ヴィットリオ

「新しいメンバーを紹介します」

朝のミーティング。ミーティングルームに集まった面々を見渡しながら、進行役の芳野が言う。私の隣で、光太郎がとても緊張したようにうつむき、うちの事務所のメンバーたちは興味津々の顔で光太郎を見つめている。芳野はやけに楽しそうな声で、

「丘崎《おかざき》光太郎くん。とんでもない才能を秘めたデザイナーで、ミスター・ヴィットリオが惚《ほ》れ込んで、別の事務所から引き抜いてきた子です」

言うと、メンバーの間に動揺が広がり、光太郎はとても驚いたように目を見開く。

……まったく。

芳野のイタズラに、私は小さくため息をつく。

……綺麗な顔はしているけれど、本物のSだな、この男は。

芳野はさらに楽しそうな顔になって、

「光太郎くん、自己紹介をお願いします」

「えっ、あ、はい！」

光太郎はとても緊張した顔でメンバーを見渡し、それから、

「え、ええと……今日からアルバイトをさせていただく、武蔵川美術大学デザイン学科三年、丘崎光太郎です。どうか、お気軽にこきつかってやってください」

言って、ぺこりと頭を下げる。芳野の言葉で緊張した雰囲気になっていたメンバー達が、光太郎の言葉にホッとした顔になり、拍手をしている。

「武蔵川美大の何科？　デザインだよね？　じゃあ、小倉《おぐら》の後輩じゃない」

「ええ、本当に？　越後《えちご》教授、元気？」

気づくと、メンバーは光太郎を取り囲み、いろいろと話しかけていた。光太郎は人懐こい笑みを浮かべて答えている。

「はい、お元気ですよ。ちょうど今、越後教授の課題をやっている途中なんです」

「わあ、厳しいだろ？　あの人の授業、最新ソフトをバリバリに使えないと、いい点が取れないようになってるし」

「大変で困ってます。でも研究室への出入りが自由なので、いろいろ試せますし」

「うわあ、この年代って研究室に最新ソフトが入ってるんだ？」

「それてめちゃくちゃうらやましくない？　でもＰＣに弱いと課題からしてお手上げってやばくない？」

『ヴィットリオ・デザイン』日本支社のメンバーは十五人。いずれも私が目をつけて引き抜いてきた精鋭ばかり。デザインセンスもデザイン能力もずば抜けているが、性格はかなり癖がある。こんなふうにすぐに馴染《なじ》める新人は珍しい。

「……やりましたね、所長」

隣に立った芳野が、楽しそうな声で言う。

「僕も、あの子と仕事をするの、すごく楽しみですよ」

……笑った顔が舌なめずりをする狼《おおかみ》のように見えるのは、気のせいだろうか？

丘崎光太郎

オレが『ヴィットリオ・デザイン』で働き始めてから、二週間が過ぎた。

彼の事務所の雰囲気はとてもよく、社長である彼の性格を反映しているみたいだった。メンバーは才能に溢《あふ》れ、やる気があって……こんな会社でバイトができるなんて夢みたいだ。

「光太郎くん、もしかしてラッシュ・プロフェッショナルの最新型とか、使える？」

オレの教育係になってくれた入社五年目の小倉さんが、ＰＣの前からオレを呼ぶ。オレは慌てて立ち上がりながら、

「ええと……学校の研究室で、少しだけ触っていますが」

「本当に？　これ、来月のデザインアワードのＷＥＢ用ＣＭなんだけど……前のバージョンと同じつもりでデータを流し込んだけど、まともに動かないんだよね。エラーばっかり出てすぐにフリーズするし……と思ったら、ついに上書きできなくなっちゃった」

小倉さんは本気で困った顔になって、オレに椅子《いす》を譲ってくれる。

「いや、プロ用のデザインソフトのことを学生さんに聞くのは酷《こく》かもしれないけど……こう

いうのって、若い子のほうが詳しかったりするからさ」

「基本的なことしかやっていないので、詳しいというほどではないです。でも……」

オレはマウスを動かして設定を開く。そこを一つずつ確認して……。

「あ、原因が、わかりました」

「嘘！　もう？　本当に？」

小倉さんの声に、ほかのデザイナーさん達も集まってくる。

「何？　ついに使える人が現れたの？」

「ずっと困ってたんだよ。ヴィットリオ所長と芳野さんしか使いこなせないんじゃ、あまりにももったいないもんね。とはいえ、あの忙しい二人に『教えて』なんて言えないし」

デスクの周りを取り囲まれて、オレはちょっと緊張してしまう。でもなんとかしなきゃ、と思いながらマウスを動かして、

「出たばかりのバージョンなので癖が強いんだと思いますが……この詳細設定にすると、なぜかエラーが出やすいんです。あと、一部のウイルス駆除ツールとの相性に問題があるという説もあるんですが……」

オレは小倉さんを振り返って、

「詳細設定をし直してもいいですか？　もちろん、今の作業に関係するようなところは触りませんので」

「もう、なんでもしてくれてオッケーだ！」

小倉さんが、両手を胸の前で組みながら叫ぶ。

「も～うイライラして、ＰＣごとぶち壊す寸前だったんだよ！」

「そんな……こんなものすごい高スペックのＰＣにそんなことをしたら、『もったいないお化け』が出ますよ」

オレが言うと、周囲のメンバーが可笑しそうに笑う。

『もったいないお化け』って、久しぶりに聞いたなあ」

「光太郎くんみたいな美青年が言うと、やけに可愛いなあ」

彼らの言葉にオレはちょっと赤くなってしまう。

「すみません。実家が田舎なうえに、おばあちゃんっ子だったので、つい」

「わあ、おばあちゃんっ子だって。いまどき珍しい好青年だよねえ」

「この汚れきったデザイン業界に、こんな天使みたいな子が生き残っていたなんて」

周囲が盛り上がっている間に、オレはマウスを動かして、設定を直していく。もちろんこんな高スペックマシンも、何十万円もするようなプロ用のソフトも持てるわけがないから、学校の研究室で独学で勉強してきた、そのままのやり方だけど……。

「できたと思います。念のため、データは外部ハードディスクに保存しましたが、上書きももう問題ないと思いますよ」

オレは立ち上がって、後ろにいた小倉さんに席を譲る。

「試してみてください。問題があったら、言っていただければチェックしますので」

「嘘！　もうできちゃったの？」

小倉さんは驚いたように言い、慌てて椅子に座ってマウスを動かす。

「えええっ、何これ？　全然別のソフトみたい！」

嬉しそうに叫ぶ。

「さっきまでのアレが嘘みたいだ！　こんなにサクサク動くものだったなんて！」

「何？　ついにその難解なソフトを攻略した？　小倉くん、なかなかやるね」

後ろから声がして、慌てて振り返る。そこにはファイルを持った芳野さんが立っていた。

小倉さんが慌ててかぶりを振って、

「おれが……と言いたいところですが、攻略したのは光太郎くんです。設定を直してくれたので、やっとまともに使えそうですよ」

「ああ……また光太郎くんのお手柄かぁ。……できない新人ならシゴいてやろうと楽しみにしていたのに……」

芳野さんは手を伸ばし、いきなりオレの髪の毛をクシャクシャにする。

「本当にできるヤツだ！　憎たらしいからこうしてやる！」

「わあ、やめてください、芳野さん！」

「くそ、しかも困った顔がやたらと可愛いぞ！」

芳野さんが後ろから抱き付いてきて、オレの頬に頬を押し付けてくる。

「くそ、ますます憎らしい！　こうしてやる！　こうしてやる！」

まるで犬にでもするように頬をぐりぐり押し付けられ、さらに頬にキスまでされて、オレはくすぐったさに思わず笑ってしまう。

「あははは、やめてください、くすぐったいです……！」

「子供か、君達は」

呆れた声がして、オレは思わず赤くなる。すぐそばに、いつの間にかヴィットリオさんが立っていたんだ。

……うわあ、ヴィットリオさんにへんなところを見られちゃった。早く一人前のデザイナーだって思われたいのに。

「嫉妬《しっと》して邪魔しないでくださいね。私と光太郎のラヴな時間なんですから」

芳野さんが不満そうに言って、オレから離れる。ヴィットリオさんがチラリとオレを見下ろしてきて、オレはますます赤くなる。

……ああ、やっぱり子供だって思われてるかも……。

「全員、聞いてくれ」

ヴィットリオさんが声を大きくし、フロアにいるメンバーが注目する。

「この間の社内コンペの結果が出た」

その言葉に、全員の顔が引き締まる。

この事務所では、新しい依頼が入るたびに、社内コンペを開く。デザイナー全員がデザインと企画書を持ち寄ってコンペをし、ヴィットリオさんとサブの芳野さんが、依頼に合いそうな人を選抜するんだ。

もしも優れたデザインと企画が出せなければ、事務所にいても仕事はまったくできないことになる。さらに、選抜されたとしてもやる気がないと判断されれば途中段階で下ろされる場合もあるらしい。だからここでは常にみんながいい緊張感に包まれているし、仕事のクオリティも高い。要求される高いレベルを維持するのはけっこう大変かもしれないけど……クライアントのためを思ったら、それはやっぱり当然のことだろう。

今回の仕事は、日本有数の大企業からの依頼。品川のベイエリアに新しくできる高層マンションのコンセプト・デザイン。もしもプレゼンに通れば、インテリアのデザインも請け負うという。ヴィットリオさんのデザインに憧れているオレには、絶対に参加したい仕事だった。だから頑張ってコンペに参加したけれど……ほかのメンバーのクオリティの高さに圧倒されてしまった。でも、いちおう人事は尽くしたから、あとは天命を待つだけで……。

「今回のマンション・プロジェクトのメンバーを発表する。私を含めて九人がチームを組むことにした。うちの事務所の中でも屈指の大きな仕事になる」

ヴィットリオさんの言葉に、オレは思わず姿勢を正す。

「まず、ヨシノ。タムラ、シマザキ……」

名前が呼ばれたデザイナーさんは、一様に、よし、という顔をしている。やっぱりヴィットリオさんと一緒の大きなプロジェクトは、心の底からやりたい、と思える仕事で……。

……オレみたいな新人には夢のまた夢だけど、でも社内コンペだけでもすごく勉強になったし……。

「……そして、オカザキ。以上」

最後に聞こえた名前に、オレは呆然とする。

「……えっ？」

思わず言ってしまうと、ヴィットリオさんがオレを見つめて、

「新人の君にはまだ少し荷が重いかもしれないが……女性や高齢者への配慮が行き届いた君の独特の感性は、今回のプロジェクトに役立ってくれると思う」

その言葉に、オレの心が熱くなる。

「プレゼンテーションは一週間後だ。頑張ってくれ、オカザキくん」

その言葉に、オレはちょっと泣きそうになりながら頭を下げる。

「頑張ります！　なんでもお手伝いします！　よろしくお願いします！」

……ああ……信じられないほど幸せかもしれない……！

マンションのコンペに向けたプロジェクトが始まってから、一週間が経《た》った。

今まで、鴨田さんにコンセプトを根本から否定されたり、かと思えば丸投げされたりしていたオレは……このプロジェクトが夢みたいに楽しい。

女性や高齢者のことを考えて提案したオレのアイディアが、いくつも採用された。

最初、一階の店舗フロアには、都会的で高額な有名レストランをいくつも誘致する予定だった。でも、オレの意見で、それが全面的に変更になった。有名レストランが入れば見た目はお洒落《しゃれ》だし、近くのオフィスで働く人達はきっと嬉しいだろう。だけどそこに住む人は、毎日そんな高額なレストランで食事をするわけじゃないし、品川という立地なら周囲にいくらでも外食できる場所がある。さらにマンションの中には住人だけが使えるお洒落なバーとレストランが作られる予定だから、わざわざレストランを増やす必要が感じられない。

オレは、住んでいる人の生活が便利になるものをそこに誘致することを提案した。お洒落でリッチなデザイナーさんばかりがいるこのオフィスでそれを口にするのは、けっこう勇気がいることだったけど。
◆
近隣にある超高級マンションを買っている人の年齢層を調査してみると、一番多いのは四十歳代。会社を引退した大富豪が住むのかと思っていたオレは、その若さにけっこう驚いた。プロフィールとしては、大企業で働く高収入の共働き夫婦。ディンクスの場合もあるし、小さな子供がいることもある。オーナーが自分で住む場合もあるし、投資物件として賃貸にする場合もあるんだけど……そんな高額物件を借りるのはやっぱりバリバリ働いている三十代から四十代の人達。大企業に勤める外国人サラリーマンも多い。

オレはただの学生だから貧乏だし、その年代から比べるとまだまだ若輩者だけど……朝から夜まで働いている人がどんなことを不便に感じているかということが想像はつく。やっぱり、日用品の買い物と、疲れている時にちょこっと入れる食べ物屋さん、オレだけかもしれないけど、帰る時間には書店が全部閉まっているのがけっこう寂《さび》しい。小説なんかはダウンロード販売で購入できるけど、お洒落な美術書とか、いつも読んでるデザイン雑誌とかはやっぱり紙じゃないと手に入れられないし……。

「オレが提案したいのは、住人が『これなら便利に暮らせる』と思える店舗の誘致です。たとえば、オーガニック系の食品が多いコンビニのナチュラル・ローレソン。深夜までコーヒーを飲みながら本を読むことのできる、ツルタヤを併設したカフェのムーンバックス。あと、このマンションはペット可なので、トリミングができて、プレミアム系のペットフードを置いているお洒落なペット用品屋さん」

オレは自分が作った簡単なプレゼンボードを示しながら、ずらりと並んだメンバーに説明をしていた。

「うわあ、それ、すごくいいわ。うちのダイスケのフード、いつも通販してるんだけど……たまに忘れて焦るのよね。プレミアムペットフードを売ってる店ってなかなかないから、わざわざ青山まで出なきゃらならならないし」

メンバーの一人の野原《のはら》さんが言う。PCのデスクトップの画面も、スクリーンセーバーも、スマートフォンの待ち受け画面も、すべて飼っているロングコートチワワのダイスケちゃんの写真という愛犬家だ。愛猫家の古河《ふるかわ》さんも、

「それ、すごくいいよ！　……あと、このプレゼンボードにあるペット用品屋さん、お洒落じゃないか。これってどこの店？」

「パリ在住の日本人デザイナーさんの店なんですけど、最近代官山に出店して……でもその人のブログを見ていたら都内に二店舗目を出したいみたいなんです」

「この店は格好いいけど、店の外観デザインには気をつけないといけないよねえ」

「そうそう、でも逆にその辺を気をつければ、光太郎くんの自由な発想も、かなり現実的にできそうな……」

ここの事務所の会議では、どんな意見を言うのも自由。発想が膨らむし、ブラッシュアップされてすごく勉強になる。

……ここでの仕事は、なんだか信じられないくらい楽しい。ヴィットリオさんが、

「細かいところは、クライアントとも交渉が必要だ。だが、住民の生活しやすさに焦点を当てるというのは、今まで出なかった発想だ」

オレに視線を合わせながら言ってくれて、頰が熱くなる。

「なかなかよかった。君らしい意見だ」

「あ……ありがとうございます」

オレの頰が、嬉しさにますます熱くなる。ヴィットリオさんはチラリと微笑んでから、みんなに視線を戻して言う。

「さて、先ほどのオカザキくんの意見の中にも出た、住人だけが使える、バーやレストラン、ジムやプールなどの共用スペースについてだが……」

ヴィットリオさんは一呼吸置いて、

「すべて最上階に設けるのはどうだろう？　それだけなら最近では珍しくないが……特徴は、二階層吹き抜け」

ヴィットリオさんの言葉に、ベテランの江本《えもと》さんがものすごく驚いた顔をする。

「最上階の二フロアを、すべて共用スペースにですか？」

「そうだ。君たちの意見を聞かせてくれ」

メンバーが、なぜか難しい顔で顔を見合わせている。オレは不思議に思いながら、

「最上階に二階層吹き抜けのラウンジを設けてあるホテル、東京にもありますよね？　贅沢《ぜいたく》

だとは思いますが、本当に素敵だと思います」

言うと、江本さんが苦笑して、

「たしかに、ホテルならもちろんやってみたい。とても素晴らしいものができるだろう。しかし、今回の仕事は分譲マンションだからね。……マンションとホテルの違いは？」

いきなり聞かれてオレは少し考える。それから、

「ええと……買うか、借りるか、ですか？」

「そう。最上階の二階層というのは、そのマンションの中でも一番贅沢な間取りが作られ、一番の目玉になる場所だ。値段も一室で数億円単位、あの場所なら十億近い部屋を作ることも不可能じゃない」

「……じゅうおく……！」

オレはあまりにも現実離れした値段設定に、面食らってしまう。

「バブルの頃にそういう贅沢な物件があったというのは聞いたことがありますが……こんな不況の今でも、そういう場所ってあるんですか？」

オレの言葉に、江本さんがうなずく。

「確かに不況と言われてはいるが……格差が激しくなっただけだ。日本にも桁外《けたはず》れの富豪はいくらでも存在する。東京中の超高級マンションの最上階のペントハウスには、そういう人々が優雅に暮らしている」

その言葉に、オレはちょっと呆然としてしまう。

「そう……なんですね。なんだか別世界ですね……」

オレは言い、それからハッとする。

「最上階とその下を吹き抜けにしてしまうということは、一番高額の部屋、ツーフロア分を共有スペースにしちゃうってことですか？」

オレの言葉に、芳野さんがうなずく。

「そう。うちの所長が思いつきそうなことだろ？」

呆れたような声だけど、その顔にはちょっと面白そうな笑みが浮かんでる。オレはちょっと心配になりながら、

「ええと……施工する会社が売り上げ重視だったら、絶対反対されますよね？」

「だから問題なんだよね」

芳野さんが言って、ため息をつく。

「オープンエアーの屋上スペースも作る予定だから、もしも反対されたらかなりの部分をやり直さなきゃいけないってこと。……まったくもう、いつもこんな感じだよね」

芳野さんの言葉に、ほかのメンバーが苦笑している。

「でも……」

オレは、今までに見てきたヴィットリオさんの作品を思い出しながら、

「……その贅沢さが、使う人の心を打つような気もします。だって、ヴィットリオさんの作品を見ると、いつもの生活を忘れて別世界に連れて行ってもらったような気がしますし」

思わず言ってしまう。ほかのメンバーが呆然とした顔でオレを見ていることに気づき、オレは一人で赤くなる。

「すみません。なんか、意味の解らないことを言ってますね、オレ」

「いや」

ヴィットリオさんが、静かな声で言う。

「君の言ったことは、私が常に目指していることそのままだ」

その言葉に、オレは驚いてしまう。

「そう……なんですか？」

ヴィットリオさんが真剣な顔でうなずいてくれて、オレの胸がジワリと熱くなる。

……ああ、どうしよう、めちゃくちゃ嬉しいかも……。

アラン・ヴィットリオ

「……講義が休みの時を狙《ねら》って、学校の図書館と国会図書館に行って資料をコツコツ集めていたんです。たいした量ではないので、本当に参考までにって感じなんですけど」

午後のミーティングの時間。ミーティングデスクの上に、光太郎が分厚い封筒を置く。中から取り出されたカラーコピーは軽く二百枚は超えているだろう。それは傾向ごとにクリップで留められ、たくさんの付箋《ふせん》が貼られている。光太郎の字で細かい注釈が加えられていて……とても短時間で作られたものとは思えない。デスクの周りに集まったメンバーが驚いたように息を呑《の》む。

「ふうん」

芳野が、カラーコピーの束の一つを持ち上げ、それをめくりながら言う。

「すごいな。よくここまで……ちょっと待て、これはアークライトが設計したカンボジアの『トンプソン伯爵邸《はくしゃくてい》』の写真じゃないか。建物本体も、その写真も、内戦ですべてが燃えてしまったはずだ。こんなものをどこで……？」

いつもクールな芳野らしくない、呆然とした顔で言う。

「『トンプソン伯爵邸』に関する資料を調べていたら、設計者のアークライトの書簡集があるという記述を見つけたんです。絶版になっていたんですが、幸い国会図書館には保管してありました。その書簡集の中に、写真家の友人への手紙が載っていたのですが……それによれば、その友人と二人で『トンプソン伯爵邸』でのパーティーに招待されて、とても楽しい時間を過ごしたみたいで……」

芳野はまだ呆然とした顔で、

「……もしかして、その写真家が、写真を残していたのか……？」

「はい。あまり知られていない写真家だったので、彼の写真集を探すのに苦労しました。あ、カラーコピーの裏に、その写真家の名前と写真集の名前をメモっておきましたので」

光太郎はごく平然と言い、芳野ににっこりと微笑みかける。

「オレ、じつはアークライトが大好きなんです。これらの資料を見つけられたのも、今回の仕事に参加できたおかげです。本当に、いろいろ勉強になります」

芳野は黙ったまま光太郎を見つめ、それからふいに深いため息をつく。

「まったく。使えなかったら苛《いじ》めてやろうと思って楽しみにしていたのに」

「えっ」

光太郎が驚いた顔をし、芳野が可笑しそうに笑う。

「まったく使える新人だよ。それに、身近にアークライト好きが増えて嬉しい。……一九五〇年台にごく小部数だけ印刷された、彼の設計集を見たことがある？」

「それって、もしかして『アークライトの初期設計』ですよね？　あれって絶版ですし、マニアが多いからオークションにも出ないって有名です。もちろん、オレみたいな学生が見る機会なんて、この先一生ないかと思ってあきらめてたんですけど……」

光太郎が悲しそうに言い、芳野が得意げな顔になる。

「実は……この会社の資料室にあるんだよね」

「本当ですか？」

光太郎がとても驚いた顔をし、芳野がにっこりと笑う。

「もちろん。ちゃんと仕事をこなしたら、ご褒美に見せてあげてもいいよ」

「わかりました、オレ、仕事頑張ります！　あなたにも認めてもらえるように！」

光太郎が言って、芳野が微《かす》かに驚いたように目を見開く。それから、

「それならまずは、そのコピーをファイリング。あとで、全員に回覧したい」

「わかりました、すぐに！」

光太郎は元気に言い、コピーを抱えて自分のデスクに戻っていく。その後ろ姿を見送っていた芳野が、私のほうをふいに振り返る。少し照れたような顔で、

「あなたが彼を欲しがった意味が、今はよくわかります。彼が来たことを感謝しなくては」

丘崎光太郎

「……で、芳野さんっていう、すごい美形のデザイナーさんがいるんだけど、彼が、『アークライト初期設計』を見せてくれるって……」

オレの言葉に、集まっていたメンバーが、すごい、と歓声を上げる。

オレが通っている武蔵川美術大学、そのデザイン学科の教室。今日から課題は、建築デザインに入る。一人一人が設計したい建物を決め、その設計図を描き、模型を作るというもの。提出まで十日しかないので、課題の詳しい内容が発表になったらすぐに構想を練らないといけない。オレはクロッキー帳にいくつかのアイディアを描いてきていた。間伐材を使ったエコな地域集会所、太陽光発電と地熱を利用した、エアコンがなくても過ごしやすい学校。けれど……やっぱり、ヴィットリオさんの事務所での仕事内容が気になってしまってる。

「やっぱりデザイン事務所のバイトは、経験値上がりそうだな～」

オレの前の席に座ったお洒落な生徒が、振り返りながら言う。

「いいなあ、ヴィットリオ・デザイン！　最高じゃない？」

彼は石森雅人《いしもりまさと》。東京出身で服装も髪型もかなりお洒落。モデルのアルバイトをしている。最初に話しかけられた時はちょっと軽い？　って印象だったんだけど、ちゃんと話してみたら美術がすごく好きで、根はけっこう真面目《まじめ》。すぐに仲良しになれた。

「光太郎は、ヴィットリオ・デザインに入る前に、かなり嫌な思いしてるからなぁ」

オレの隣の席の柏木義彦《かしわぎよしひこ》が、ため息をつきながら言う。彼とは石森の次に友達になった。北海道の出身で、いかにも広い台地で育ちましたって感じのおおらかな性格。高校生時代は野球でけっこう活躍していて大学の推薦の話も来たらしいけど……でもデザイナーへの夢を捨てきれず、野球を断念して美大に進んだらしい。今でも週末はアマチュア野球をやっているらしくて、そのせいか長身なだけじゃなくてガタイもいい。

「あ、鴨田ってデザイナーのこと？　話を聞くだけでムカつくよなあ」

石森が身を乗り出しながら言う。

「デザイナーとしてどうなのっていうだけじゃなくて、性格的にもヤバそうだよね。粘着質っていうの？」

「気になってるんだけど……その鴨田ってヤツから、もう接触はないのか？」

柏木がちょっと心配そうに言う。オレは、あることを思い出してちょっと暗い気持ちになりながら、

「ええと……ちょっとだけ……」

「えっ、何それ？」

石森が驚いた顔で身を乗り出してくる。すごく心配そうに、

「もしかしてストーカー化した？　話を聞いてる時から、粘着質っぽいなと思ってたんだ」

「いったい何をされているんだ？」

柏木にも言われて、オレは携帯電話を出す。メールの受信ボックスを開き、フォルダの一つを表示させ、二人の方に向ける。

「内容はどれもよくある感じで、『戻って来い』とか『今なら許してやる』とか。短いし、たいした内容ではないんだけど……」

液晶画面を覗き込んだ石森が、うっ、と声を上げる。柏木も隣に来て覗き込み……。

「この受信フォルダ、そいつからのメール専用……なんだよな？」

ものすごく怖そうな声で言う。

実は。

鴨田さんの下でのアルバイトを辞めてから数日後に、なぜか鴨田さんからのメールが次々に届き始めた。メールの内容は、「僕がいないとダメなことがわかっただろう？」とか「今なら許してやる。すぐに戻って来い」みたいな短いもの。最初は「本当にお世話になりました。感謝していますが戻ることはないと思います。今までありがとうございました」みたいなできるだけ当たり障りがないと思える返信をしていたんだけど……何か一言でも返すと、

百倍になってレスが戻って来るし、しかもいちいち罵倒《ばとう》される。「なんの実力のないおまえを雇ったのは誰だと思っているんだ！」みたいな。

……たしかにお世話になったたし、だから彼の言っていることは間違ってないかもしれないけど、やっぱりそういうのを読むと本気で落ち込む。

「そいつからのメールだけで、千五百件？　これってヤバくない？」

「警察に相談しに行けよ！」

二人の言葉に、オレはため息をついて、

「でも、内容は仕事に関することとか、恩知らずとか、そんなことだけだし……警察も相談になんか乗ってくれないと思うんだ」

言うと、二人は難しい顔になって、

「ううん……たしかにそうかなあ……」

「しかも両方とも男って言うのがネックかな？　こっちが女の子なら、何か動いてくれそうだけど……」

「それに……」

オレは辞めたいと言った時の鴨田さんのことを思い出して、暗澹《あんたん》たる気分になりながら、

「……鴨田さんが怒るのも、無理ないかもしれない。ちょっと変わった人だったけど、彼のおかげで勉強ができたともいえる。仕事を丸投げてしていたのが、オレのためを思ってのこ

とだったとしたら、恩知らずって言葉も出るかもしれない。彼としては、大切なクライアントの依頼を回してくれていたわけだし……」

「そうかなあ？　バイト中の話を聞いていた俺達としては、全然そうは思えないんだけど」

「まったく、光太郎は人がよすぎるよ」

二人は揃ってため息をつき、オレは「悪い人じゃないんだよね」と苦笑した。

この時のオレは……後であんなことが起きるなんて、思ってもいなかったんだ。

アラン・ヴィットリオ

「今夜は鍋です。どうぞ座っていてください」

彼が、かいがいしく働きながら言う。私は彼に言われた通りにリビングに入り、座布団の上に胡坐《あぐら》をかく。ローテーブルの上には簡易コンロが置かれ、その上に蓋《ふた》つきの素焼きの鍋がかけられていた。微《かす》かに湯気が上がり、ふわりといい香りが漂っている。

彼が品川のマンションのプロジェクトメンバーに加わってから、十日が過ぎた。彼はその素晴らしい発想力とセンスで、ほかのメンバーに一目も二目も置かれるようになった。しかも彼はほかの先輩デザイナー達への礼儀を忘れず、若者らしい可愛いところもある。彼は事務所のマスコットのような存在……をすでに超えて、メンバー達は残らず光太郎に彼に夢中という雰囲気。見ているだけで、少し心配になるほどだ。

……今までも、こうやって周囲を魅了してきたんだろうな……。

私は、キッチンにいる彼の後ろ姿を見ながら思う。

シンプルな白の綿シャツに包まれた上半身。肩のラインにいかつさは少しもないが、女性の身体《からだ》とも違う。

青年らしい潔癖さを表すように、しっかりと伸ばされた背中。

ほっそりと引き締まったウエストに、黒いカフェエプロンがきっちりと巻かれている。

細身のジーンズに包まれたすらりと長い脚、その上の小さな尻《しり》……をまともに見てしまいそうになり、私は慌てて目をそらす。

「今日は……何を食べさせてもらえるのかな？」

私が言うと、彼は鍋をかき混ぜながら、

「だんだん秋らしくなってきたので、今日は、少し早いですがお鍋にしてみました。鴨がお好きだっておっしゃってたので。鴨肉とつくねが入ったお鍋です」

彼は私を振り返って、煌めくような笑みを浮かべる。

「それから、きのこのたくさん入った汁物と、栗の炊き込みご飯。あとは大根ときゅうりの和《あ》え物、小芋の煮物と海老の湯葉巻、大家さんが分けてくれたお漬物をいくつか。デザートには洋梨のコンポートを冷やしてあります」

彼が言ったメニューは、何かの拍子に私が好きだといった食材ばかりだった。それに気づいて、私は微かに眩暈《めまい》を覚える。

……こんなことをされたら、本気で誤解してしまいそうだ。もしかしたら、彼も私に好意を抱《いだ》いてくれているのではないかと。

私は思い……しかしふと、あの鴨田というデザイナーのことを思い出す。プレゼンで見たあの男に、私は不思議なほど嫌な印象を持った。彼のやり方にいい印象をもてないのはたしかだが、それ以上に……。

……何かを小声で尋ねる時、鴨田は必要以上に光太郎に身体を近づけた。今にも耳にキスでもしそうで、少し面食らったほどだ。さらに鴨田は、ことあるごとに光太郎の横顔を見つめていた。それは、やけに湿り気を帯びた視線で……。

光太郎はまったく気づいていないようだが……あの男は、光太郎にかなりの執着を示していたように思える。光太郎がアシスタントを辞めたいと言った時にはあっさり手放したようだが……それが不思議なくらいに。

……あの男が、光太郎の優しさを、自分だけへの好意と誤解していた可能性は大きい。そして私も、同じように誤解してしまいそうだ。

「お鍋が煮立ったら、野菜を入れますね。煮えやすいものばかりなので、すぐに食べられますから」

キッチンにいる光太郎が言う。私はその美しい後ろ姿に見とれ……。

シュウシュウ、という音にハッと我に返ると、簡易コンロにかけられた鍋の蓋がわずかに持ち上がり、その下から水蒸気が上がっていた。

「煮立ったようだ。このままだと零《こぼ》れてしまうかも……」

私は言いながら蓋に触れ……それがとても熱かったことに驚く。

「……つっ！」

思わず手を引くと、光太郎が驚いた顔でリビングに飛び込んでくる。

「大丈夫ですか？　火傷《やけど》は？」

「驚かせてすまない。すぐに手を引いたから大丈夫だ」

「でも、火傷になったら大変ですから」

彼は言って、簡易コンロの火を消す。私を立たせて、キッチンに連れて行く。水道の水を出しっぱなしにして、その下に私の手を入れさせる。

「ちゃんと冷やしてくださいね。あとで痛くならないように」

彼が、私の手首をそっと支えてくれながら言う。

「君の手まで濡《ぬ》れてしまう。もういいから……」

「ダメです。右手の指を火傷したら、デザイン画を描けなくなってしまいます」

彼は言い、私の顔を見上げてくる。

「そんなことになったら大変です。あなたは上司ですけど、こんな時には譲れませんよ」

とても至近距離にあった彼の顔に、鼓動が速くなる。

近くで見ると彼の肌は真珠のように滑《なめ》らかで、その睫毛《まつげ》はとても長い。上等のモルトウイスキーのような美しい琥珀《こはく》色の瞳が、見とれるほどに美しい。

「わかった。おとなしく冷やすから」

私が言うと、彼は煌めくような笑みを浮かべる。

「よかった。ちゃんと言うことを聞いてくれて」

柔らかそうなピンク色の唇。シャツの襟元《えりもと》から覗く白い首筋。彼のそばにいると、レモンとハチミツを混ぜたような、爽《さわ》やかで、しかしとても甘い香りがする。

……ああ、今すぐにキスを奪いたい。そしてそのままめちゃくちゃにしたい……。

私は、自分が限界に近い状態にあることを、改めて自覚する。

丘崎光太郎

「……君を愛しているんだ……」

至近距離で囁かれた言葉に、オレは呆然とする。

アパートの狭いキッチン。オレは、指先を火傷した彼の手を水道で冷やしていた。至近距離で見つめ合ってしまっていたことに気づいて目をそらした瞬間、彼がいきなり言った。

「……え……？」

オレの身体を、彼の手が強引に引き寄せる。

「……あ……っ！」

彼の美貌が近づいて……そして唇に、彼の唇が……。

「……ん……っ」

彼の男っぽい唇が、柔らかくオレの唇を包み込む。腰を抱き寄せているのは、彼の逞《たくま》しい腕。彼のそばにいる時にかすかに漂うコロンの芳香を、強く感じる。

爽やかなオレンジと、大人《おとな》っぽい針葉樹と、そしてセクシーなムスク。いつもいい香りだと思っていたそれに包まれ、オレの体温はどんどん上がって……。

「……あ、んん……」

彼の唇が、角度を変えて重なってくる。身体にとろけそうに甘い痺《しび》れが走り、脚の間に凝縮してくる。このままじゃ、オレ……。

「……あ……ダメ……」

オレは思わず声を上げ……そして自分が、布団の中にいることに気づく。

「……夢……か……」

暗い部屋の中には、彼と一緒に食べた寄せ鍋の香りが、まだかすかに漂っている。

彼と鍋を食べる前、彼が指を火傷してしまった。それを冷やしてあげたのは事実だし、あまりにも至近距離にいることに気がついて赤面したのも事実。だけどその先は……。

……彼は「美味しい」って言いながら夕食を食べてくれて、オレがいれたコーヒーを飲んで……だけど「仕事が残っているから」って言って、八時には帰ってしまった。

あまり話せなかったことに少しだけ寂しくなりながらお風呂に入り、それからすぐに布団に入ったんだけど……まさか……。

……まさか、あんな夢を見てしまうなんて……。

オレは思いながら起き上がり……そして自分の身体の変化に気づく。

「……えっ？」

慌てて掛け布団をまくり、自分の脚の間を見下ろして……。

「……まさか、そんな……」

オレの中心が、驚くほど硬くなって、パジャマのズボンを高く押し上げていた。それだけじゃなくて、下着が熱く濡れた感触まであって……。

「……嘘……だよね……?」

オレはパジャマと下着をずらし、そして下着が白濁で濡れているのをたしかめて、本気で眩暈を覚える。

……嘘……ヴィットリオさんとキスをする夢を見ただけでも失礼なのに……それだけで、イッちゃうなんて……。

オレはよろよろと立ち上がり、脱衣室に入る。パジャマを脱ぎ、汚れた下着を洗面台で水につけ、泣きそうになりながら浴室へのガラス戸を開く。

古い建物だから、この浴室にはシャワーなんてついてないし、お風呂の追い炊き機能もない。オレは湯船の蓋を開け、ぬるくなったお湯を手桶《ておけ》ですくって汚れた下半身にかける。ボディーソープで身体を洗いながら、なんだか……泣きそうになる。

……本当は、自分の気持ちはうすうす解ってた。でも……。

オレは、アルバイトのある日がとても楽しみになり、授業を終えると学校を飛び出すようになっていた。ヴィットリオさんに会うのが楽しみで仕方なくて、彼の顔を見るのが嬉しくて、彼が「君の手料理がまた食べたい」と言って、今夜も来てくれたのが、天にも上りそうなほど嬉しくて……。

……オレ、やっぱり……。

胸がギュッと痛み、涙が溢れそうになる。

……彼のこと……。

彼の眩《まばゆ》い笑顔や、ちょっと不器用で可愛いところに、オレはいつも見とれてしまっていた。仕事中のものすごく格好いい彼と、プライベートで見せてくれる少年みたいな無防備さとのギャップに、胸がいつも甘く痛んでいた。

……どうしよう？　オレ、男なのに……。

オレは、はっきりと自覚していた。

……男の彼を、好きになってしまったんだ……。

暗い中で全身を洗い、腰にタオルを巻いた格好で、震えながら浴室を出る。まだ初秋とはいえ、ストーブをつけていない夜中の廊下はかなり寒い。オレは慌てて部屋に入り……枕元に置いてある携帯電話の着信ランプが点滅していることに気づく。

……きっと、ヴィットリオさんだ……！

オレは部屋の中を走り、慌ててフリップを開く。相手が誰かも確かめずに、通話ボタンを押して……。

「出るのが遅くなってすみません！　お風呂に入っていて……」

『お風呂？　じゃあ……今は裸なんだね？』

聞こえてきた声がヴィットリオさんのものじゃないことに気づいて、オレは真っ青になる。

ヴィットリオさんの落ち着いた美声とはまったく違う、かん高くて、粘るような声。どこか切羽詰ったような口調。それは……。

「か……鴨田さんですか……？」

オレは驚き、とっさに枕元の時計を見る。時間は九時三十分。彼が帰ってすぐに片付けをして、お風呂に入って、布団に入ったのが……たしか九時くらいだった。ぐっすり眠ったかと思ったけど、ほんの少しうとうととしただけだったらしい。

「あの……何かご用でしょうか？」

オレは、タオル一枚の裸で震えながら言う。

『ご用ですか、じゃないよ。メールを出したのに、全然レスをくれないじゃないか』

怒りを押し殺したような口調は、まるで恋人の不貞を責めるかのようで……。

「……え……っ？」

『僕がいくら寛容な男だからと言っても、さすがに限界があるからね。ほかの男と浮気をしているんじゃないかと心配になってしまったんだよ』

……何を言ってるんだろう、この人は？

オレはなんと答えていいのか解らずに、そのまま絶句する。

『だから、君のアパートの近くまで来たんだけどね……そこで、アラン・ヴィットリオの車を見てしまったんだ……あの男の気取った横顔もしっかり見えた』

その言葉に、オレは息を呑む。鴨田さんはさらに低い声になって、

『もしかして……アラン・ヴィットリオと浮気してる？』

「……浮気……？」

オレの口から出た言葉は、震えていた。これはただ寒いからじゃなくて……。

……本当に、この人はいったい何を言ってるんだ……？

『いや……違うよね？　純情な光太郎ちゃんが、あんな遊び人のイタリア男と浮気なんかしないよね？　でも、もしかして……』

鴨田さんの声が、さらに低くなる。

『お風呂に入ってたのって、あの男とセックスした後だから……？』

あまりのことに思考が停止してしまって、まったく言葉が出てこない。

『いや、やっぱり違うよね？　光太郎ちゃんが僕をこんなに焦《じ》らすのは、初めてのセックスを大切にしたいからだよね？　それはわかってるんだよ？』

急に媚《こ》びるようになった口調。しかも話の内容が、全然理解できない。

「ま……待ってください、鴨田さん、それはいったい……？」

『ああ、いいんだよ。全部わかってるんだから。ただ……』

鴨田さんが小さく笑って、

『一番憎いあの男と浮気なんかしたら……絶対に許さないよ？』

「そんなことしていません！　っていうか、もともとオレはあなたとつきあってなんかいません！　もしも何か誤解させるような言動があったとしたら謝りますから……」

オレは必死で言うけれど、彼はオレの言葉を遮って、

『ああ、ああ、浮気をしていないなら、謝らなくてもいいんだよ。ただ、僕のところに戻ってきて欲しいだけなんだ』

「いえ、ですからオレはもう……」

『ともかく、今から出てこない？　すぐそばまで来ているんだよ』

彼の言葉に、オレは思わず動きを止める。暗い部屋の中、彼がすぐ後ろに立っているような気がして、背中を悪寒《おかん》が走る。

「……すぐ……そば……？」

『履歴書にあった住所を見ながら車で来たんだけどね、「メゾン・ド・マラケシュ」なんて洒落た名前のマンション、どこにも見当たらないんだよ。カーナビが狂ってるのかな？』

オレは震えながら暗がりの中で立ち上がり、足音を殺すようにして廊下に出る。キッチンの小窓のカーテンを少しだけずらして覗くと、すぐ下の道路に見覚えのある車が停まってい

るのが見えた。かなり古い型の黄色のポルシェ・カレラ。車内灯に照らされているのは……鴨田さんの横顔だった。

オレは慌ててカーテンを閉め、壁に寄りかかって震えるため息をつく。

たしかにこの建物の名前は、『メゾン・ド・マラケシュ』。増築に増築を重ねて迷路みたいになってしまったのを、迷路の街といわれるマラケシュにかけて、オーナーがそうつけたって聞いた。昔からそう呼ばれているみたいで郵便物もそれで届くんだけど……外観はただの古びた洋館でマンションには見えないし、建物名もエントランスの内側のポストの上にフランス語で小さく書いてあるだけ。最初に来る人は、まず迷う。

『光太郎くん？　どうやって君の家に行けばいいのか、教えてくれないかな？　今、なんかヘンなお化け屋敷みたいな建物の前にいるんだけど……どこだかわかる？』

「わ、わかります。でも、そこはうちとは全然違う住所です。すごく遠いです」

『ええ、本当に？　じゃあやっぱりカーナビが……』

「オレ、もう寝ますから、来ないでください。あなたのアシスタントには戻りません。もうメールも電話もやめてください」

オレは一息に言い、通話を切る。そしてそのまま、冷たい床に座り込む。

……ああ、なんでこんなことに……。

石森と柏木の、気をつけたほうが、という言葉が蘇《よみがえ》る。

……でも、鴨田さんもオレも男だし、まさかこんなふうにしつこくされるなんて、夢にも思わなくて……。

オレは思い、それからハッとする。

……でも、オレも……。

オレも、男であるヴィットリオさんのことを好きになってしまった。彼のことを思うだけで胸が痛むし、本当なら今すぐにまた会いたいくらいで……。

……もしかしたら、オレも同じかも……。

思ったら、胸がズキリと痛む。

窓の外から、車の発進音が聞こえてくる。オレはカーテンの隙間《すきま》から、鴨田さんの車が去っていくのを確認してそっとため息をつく。

……メールも電話もすごく迷惑だけど……でも……少しだけ気持ちは解るかも……。

オレは思い、携帯電話の電源をオフにする。

……きっと、最初にレスを返してしまったから、鴨田さんは誤解してしまったんだろう。もうレスを返さなければ、オレのことなんか忘れてくれるはずだ。

オレは自分の身体が冷え切って震えていることに気づいて、押入れを開けて新しいパジャマを取り出す。慌ててそれを着ながら、ため息をつく。

……オレは……ヴィットリオさんへのこの気持ちをどうすればいいんだろう……？

「『ホテル・オリエント・トーキョー』に視察に行きたいと思う」

午後のミーティングで、ヴィットリオさんが言う。

「誰か同行してもらいたいのだが……」

「うわあ、行きたいです！」

「俺も！」

いつも元気な橋本《はしもと》さんと神谷《かみや》さんが手を上げ、芳野さんに頭をはたかれている。

「二人はプロジェクトメンバーじゃないだろ？　観光じゃないんだから」

彼は言ってから、なぜかオレににっこりと微笑む。

「僕は以前に何度か泊まったことがあるので結構です。あそこのバーもプールも経験済みですし……丘崎くん、君、あそこに泊まったことは？」

いきなり聞かれて、オレは慌ててかぶりを振る。

「いいえ、あんな超高級ホテル……ロビーにすら入れません」

「じゃあ、決まりだ。写真をたくさん撮ってくるように。もちろんリポートも出してね」

芳野さんは楽しそうに言い、それからオレの耳元で顔を近づけて囁く。

「……せっかくだから、所長と二人で楽しんでおいで」

なんだかやけに意味深な言い方に、オレはちょっと赤くなってしまう。

「では、丘崎くん。よろしく頼むよ」

ヴィットリオさんに言われて、さらに頬が熱くなる。

「はい、頑張って写真を撮って、リポートも書きます」

……どうしよう、緊張する……。

◆

「……すごい……ガラス天井から星が見えます……」

オレは高い天井を見上げながら言う。

「……それにこの夜景……なんだか空を飛んでいるみたいです……」

オレとヴィットリオさんは、『ホテル・オリエント・トーキョー』の最上階、宿泊者だけが入れるプールにいた。

さっきまではリポートのために写真を撮っていたんだけど、今は二人とも水の中にいる。

ライトアップされたプールは、まるで巨大なブルートパーズみたい。

真っ暗に近いほどに照明が落とされたここには、今はオレとヴィットリオさんしかいない。

三角形を連ねたようなデザインのガラス天井と、三方が天井までガラス張りの壁。外を見ていると、本当に中空に浮かんでいるような気持ちになってくる。

「このホテルのプールは、できた当時からとても気に入っているんだ」

ヴィットリオさんが言い、オレの隣で空を見上げる。

「やはり最上階にはプールやバーラウンジが欲しい。この開放感は何物にも替えがたい」

彼の言葉に、オレはうなずく。

「本当にそうですね。もしも自分が住んでいるマンションの中にこんな場所があったら……きっと毎晩幸せな気持ちで帰路につけると思います。すごく素敵です」

「君は、いつも嬉しくなるようなことを言ってくれる」

彼は手を伸ばし、オレの濡れた髪をそっとかき上げてくれる。

「君といると、私はとても幸せな気分になる」

オレの鼓動が、なぜだかとても速くなる。

「それは……オレも同じです……」

オレが言うと、彼は小さく苦笑して、

「こら、そんなことを言われたら……」

彼がいきなりオレの身体を抱き上げる。

「うわ!」

「うんと苛めたくなるだろう？」

言いながら、オレの身体を抱いたままでグルリと回る。

「うわあ、やめてください！」

オレは思わず笑いながら言う。彼も可笑しそうに笑いながら、オレと一緒にクルクルと回り続ける。

「あははは、もう！　子供じゃないんですから！」

「君こそ子供みたいだぞ！　そんな顔で笑って……！」

彼は言い、オレの身体を下ろしてくれる。そのままオレをキュッと水中で抱き締めて、

「そんなふうに笑ってくれるようになって、よかった。会ったばかりの君は、とてもつらそうで、見ているだけで苦しくなったよ」

耳元で囁かれて、鼓動がどんどん速くなる。

「すみません。オレが優柔不断だったせいで。でも、今は本当に仕事が楽しいです」

「それはよかった」

彼はオレをもう一度キュッと抱き締め、それからオレから手を離す。

「部屋に戻って、シャンパンで乾杯をしないか？　君が私の事務所に来てくれたことを、お祝いしなくては」

優しい笑みに、胸が甘く痛む。

……ああ、彼はただ部下に対して優しくしてくれているだけ。だからこんなふうにドキドキしたらいけないのに……。

◆

「……んん……」

明るい朝の光に包まれて、オレはゆっくりと目を覚ます。眩《まぶ》しさに思わず目を細めながら、天井を見上げる。オレの部屋とは比べ物にならないほど高い天井に、ここがホテルであることをやっと思い出して……。

「……え……？」

……ああ、高級ホテルのベッドってやっぱりものすごく快適だ……。

オレは半分寝ぼけたままでうっとりとため息をつく。部屋にある古い布団とはまったくちがう寝心地。しかも、底冷えのするいつもの部屋とは違って、すごくあったかくて……。

……しかも、すごくいい香りまでする……。

オレはうっとりとしながら思う。

鼻孔《びくう》をくすぐっているのは、爽やかな柑橘《かんきつ》類の匂い。レモンよりも甘くて少し苦い……オレンジに似た香りだ。その底にはかすかなムスクの香りが忍んでいて、ドキドキするほどセクシーだ。これは、まるで……。

……ヴィットリオさんのコロンの香りと同じ……。

オレは陶然とため息をつき……それから……。

「……ん……？」

オレは、あることに気づいてハッと覚醒《かくせい》する。すぐ近くで、ゆっくりとした人の寝息が聞こえている。オレは恐る恐る横を向いて……。

「……う……っ！」

あったかいのも当然だ。オレのすぐ脇《わき》にはヴィットリオさんがいて、オレは彼に腕枕をされていて……。

……うわ、なんでこんなことに……っ？

頬が、燃え上がりそうに熱くなるのを感じる。こんな時だけど……間近で見る彼はやっぱりものすごいハンサムで、オレは思わず見とれてしまう。

額に落ちかかる黒髪、すっと通った鼻筋と、男っぽい唇。彫りの深い顔立ち。天才が作り上げた彫刻みたいに、完璧な美貌だ。

男っぽい唇から、ゆっくりとした寝息が漏れている。長い睫毛を閉じて熟睡する彼はどこか無防備で、なぜか胸がキュッと痛む。

……ずっと憧れていた世界的なデザイナーである彼が、こんなに無防備な姿を見せてくれるなんて……。

鼓動がどんどん速くなる。腕枕をされている状態だから、二人の顔はほんの十五センチくらいしか離れていない。ほんのすこし顔を動かしたら、キスができそうな距離だ。

……ああ……何を考えているんだ、オレ？

オレは慌てて天井を向き、昨夜のことを思い出してみる。

プールから戻って彼に勧められるままますごく美味しいシャンパンを飲んで……シャワーを浴びたらアルコールが回っちゃって……脱衣室に出てタオルを巻こうとしたら気が遠くなって……そして……？

……覚えてない……！

全身から、スッと血の気が引くのを感じる。慌てて手で探ると、オレはホテルの部屋に備え付けられていた浴衣《ゆかた》を着ている。だけど、自分で着た覚えがなくて……。

……まさか……？

オレは、ヴィットリオさんのほうに視線を戻しながら思う。

……オレ、世界的なデザイナーであり、自分の上司に当たる彼の前でいきなり酔っ払って、しかも介抱までさせちゃったのか？　さらに……。

オレは恐る恐る手を動かして、腰の辺りを探ってみる。

……パンツを、はいていない……。

荷物の中に、着替えは入ってた。だから自分で着替えたのなら、酔っ払っててもパンツくらいはいただろう。ってことは、やっぱり彼が着せてくれた……?

……男の裸なんか見せられて、きっとげっそりしただろうな。

オレはなんだか泣きそうな気持ちになりながら、そっと身じろぎをする。

……もう、顔をあわせられない。このまま逃げてしまいたい。……いや、逃げよう。いったんクールダウンしないと、どんな顔をすればいいのか解らないし……。

オレは思いながら、起き上がろうとし……。

「……あ……っ」

いきなり肩を抱き寄せられて、オレは驚いてしまう。そのまま後ろから抱き締められて、逃げられなくなる。

……身体が、密着してる……。

オレは、全身が燃え上がりそうに熱くなるのを感じる。

……どうしよう……?

心臓が壊れてしまいそうなほど、鼓動が速い。

……ドキドキして、おかしくなりそうだ……。

「……今、何時だろう……?」

彼の唇から、寝ぼけたようなかすれ声が漏れる。オレは抱き締められたままで顔を動かし、

サイドテーブルに置かれていた彼の腕時計を見る。

「……ええと……八時半ですけど……」

「……八時半？　寝坊した……！」

彼の驚いたような声に、オレは戸惑いも忘れて思わず笑ってしまう。

「今日は土曜日で、会社は休みですよ」

「え？　ああ……」

彼はホッとしたようにため息をついて、オレのうなじに顔を埋《うず》める。

「……驚いた。そうだった。寝ぼけていた」

彼は言って、クスリと笑う。

「……思い出した。休みの前だから、あんなに飲んだんだったな」

首筋に当たる、あたたかな息。オレの身体に不思議な感覚が走る。くすぐったいような、甘いような。このままじゃ、なんだかすごく危険なことになりそうだ……。

「あ、あの……」

オレは後ろから抱き締められた不自然な格好のまま、慌てて言う。

「……昨夜はすみませんでした。オレ、酔っ払っちゃって……」

「君があんなに酒に弱いなんて、知らなかった。歓迎会の時も普通に飲んでいたと思ったが。キューバ・リバーを頼んでいなかった？」

「いえ、オレが頼んでいたのはキューバ・リバーのラム抜き……ただのコーラで……あっ」

彼の手がオレの両肩を摑《つか》み、いきなり仰向《あおむ》けにされる。彼がオレにのしかかるようにして見下ろしてきて、

「それは本当に？　本当はお酒に弱かったのか？」

真剣な顔に、オレは正直にうなずく。

「すみません、実は。だから学部の飲み会とかでもいっつもコーラで……」

言うと、彼はとても心配そうな顔になって、

「そうなのか？　私のほうこそすまなかった。シャンパンを用意する前に、よく聞いておけばよかった」

彼は手を伸ばし、オレの頰にそっと触れる。

「具合は悪くない？　大丈夫か？」

優しい声に、胸が甘く痛む。鼓動が速くなって、頰までが熱くなって……どうしよう、このままキャンディーみたいにトロトロにとろけてしまいそうだ。

「だ、大丈夫です」

逃げないとダメだ、と思うのに、身体が痺れたみたいに動かない。

「それならよかったけれど……」

彼の指が滑り、オレの唇にかすかに触れてくる。

「……今度からは、嫌なことは嫌とちゃんと言うんだよ。私はいちおう君の上司に当たるが……同じチームの仲間でもある。遠慮はしないでいい」

彼が囁きながら、そっと指先で唇のラインを辿《たど》る。くすぐったいような甘いような感覚に、オレは小さく息を呑む。

見下ろしてくる彼の目は、なんだかすごく真剣に見える。彼はきっと、オレのことを本気で心配してくれているんだろう。……なのに、オレ……。

身体の奥がズキリと痛んで、だんだん熱を帯びてくる。

……どうしよう、オレ、もしかして感じちゃってる？

オレを抱き締める逞しい腕、鼻孔をくすぐるのは、芳しくてセクシーな彼の香り。頬がますます熱くなって……今のオレは、すごくみっともない顔をしている気がする。

……どうしよう？　このままじゃ……。

オレは、彼とのキスの夢を見てイッてしまったことを思い出す。意識したせいか、甘い電流がゆっくりと脚の間に集中してくる。

……ダメだ、このままじゃ……！

「ありがとうございます、あの、オレ……！」

オレは彼の腕をすり抜けて、慌てて起き上がる。浴衣を必死でかき合わせながら、

「先にシャワーお借りします！　すみません！」

叫んでベッドを飛び下り、そのままバスルームのドアに向かって走る。

……ああ……オレがこんなふうに欲情しちゃったことを知られたら、きっと軽蔑《けいべつ》されてしまうよ……。

「あのホテルのプレゼンテーションに関する詳細が解りました。ほかに、どの会社が参加するかも」

芳野の言葉に、私は思わず眉《まゆ》を寄せる。

「おまえがそんなことを言ってくるということは、気になるライバル会社がいるのか？　それとも、まさか……」

私の言葉に、芳野はうなずいて、

「お察しの通りです。あの鴨田が、プレゼンに参加します」

その言葉に、私は思わずため息をつく。

私は鴨田の元から光太郎を引き抜いたことを、少しも後悔していない。だが……多かれ少なかれ、あの男の恨みを買ってしまったのは確かだろう。

「嘉川さんから聞いたのですが……」

芳野が何かが気になるような顔で言う。

「鴨田は、未《いま》だに光太郎くんに並々ならぬ執着を抱《いだ》いているようです。光太郎くんがすぐに戻ってきて、自分に謝罪をするだろうと思っていたようですね。社内では未だに荒れていて、怒ると手がつけられなくなるとか」

その言葉に、私は思わずため息をつく。

……なんて男だ……。

私は呆れると同時に、どこか背筋が寒くなるような感覚を覚える。

「仕事をアシスタントにすべて押し付けていたところ、その手柄をすべて自分のものにして平然としているところ、大切にしなかったくせに、あとで執着するところ……あの男の心理と行動、すべてが理解できない」

「私も同感ですし、彼には軽蔑しか感じません。ただ……」

芳野は何かが気になるような顔で、

「光太郎くんは、とても優しい。あの男の哀れなところを見たら、動揺し、同情するかもしれませんよ」

その言葉に、私はうなずく。

「あれだけひどいことをされて、まだ辞めるのを迷っていたような子だ。その可能性はあるかな。もちろん、彼を渡す気は毛頭ないが」

「当然です」

芳野が、珍しく怒りを露わにしながら言う。

「当日は、光太郎くんの身辺に気をつけたほうがいいかもしれません」

「同感だ。気をつけるようにしよう」

言った私の心に、何か嫌な予感がよぎる。

……ああ、この気持ちはいったいなんだろう？

丘崎光太郎

「ついに来ましたね」

タクシーの助手席で、オレは緊張しながらポートフォリオを抱き締める。後部座席に座った芳野さんが、

「そんなに緊張しなくていいよ。これだけやったんだし、なによりもミスター・ヴィットリオの作品だ。きっと通るに決まっている……と思う……」

そう言った彼の声も、かなり上ずっている。彼がこんなふうに緊張するってことは、やっぱり今回の仕事はとんでもなく大きなものなんだろう。

芳野さんの隣に座ったヴィットリオさんが、

「二人とも、落ち着いてくれ」

静かな声で言う。

「コンセプトは間違っていなかったはずだし、私達はやるだけのことはやった。もしも選ばれなかったとしたら、それはクライアントの求める方向性とは別だっただけ。私達にはなん

の非もない。落ち着いて次の仕事に取り掛かるだけだよ」

彼の言葉が、オレの心を落ち着かせてくれる。オレはホッとため息をついて、

「そう……ですよね。すみません、緊張しちゃって……」

「……ああ、おれもすみません。柄にもなくテンパってるみたいで……」

芳野さんも言い、ヴィットリオさんがクスリと笑う。

「無理もない。だが、あとは私に任せてくれ。何かあったらフォローを頼む」

頼りがいのある言葉に、胸が熱くなる。

……ああ……彼の元で働くことができて、オレ、なんて幸運なんだろう……？

◆

緊張しながら会議室に踏み込んだオレは……そこに見知った顔を見つけて驚いてしまう。

……鴨田さん……。

彼がちらりと顔を上げ、オレを見つめてくる。オレはとっさに頭を下げ、そのまま目をそらす。

……驚いた。彼も参加しているなんて……。

オレはヴィットリオさんの隣に座りながら、思わず動揺していた。最後の日、怒鳴られた

ことを思い出すと今でも身体が震えてしまうけれど……でもお世話になったことは確かで。

……しかも……。

彼は自分でプレゼンボードの入ったデザインバッグを持っていた。ということは……。

オレは会議室の中を見渡し、アルバイトらしき人がいないことを確かめる。

……彼はもう、アシスタントを連れて来てはいない。きっともう、アシスタントに頼ったりするのはやめて、きちんと自分だけでデザインをするようにしてくれたんだ……。

オレは思い、かなりホッとするけれど……。

「それでは次……『嘉川デザイン事務所』様」

秘書さんの声に、鴨田さんが立ち上がる。彼の手にはイラストボードが十枚近く。そして脚本はない。

……読み上げるだけではなくて、きちんとした自分の言葉で説明してくれるんだ。

アシスタントを辞めてしまった立場だから、関係ないといわれれば関係ないんだけど……でも一度は縁のあった才能のあるデザイナーさんが正しい道に戻ってくれたというのは、やっぱりとても嬉《うれ》しいことで……。

「『嘉川デザイン事務所』鴨田と申します。本日はよろしくお願いいたします」

鴨田さんが、以前とは別人みたいな渋い声と顔つきで言う。

……今まで、こんな挨拶したことなかったのに……？

そして、さらに以前と違うのは……彼がダークな色のスーツを着ていたこと。ワイシャツやネクタイも、オレがバイトしていた頃にはクリーム色のワイシャツにオレンジのネクタイとか、バブリーな香りのする派手なものばっかりだったけど……今日は白のワイシャツに、グリーンを基調にしたネクタイ。ワイシャツのアイロンは今ひとつ甘いし、ネクタイは幅が太めなうえに色が黄色みがかった緑で、あんまり格好いいとは思えないけど……どこかで見たような……?

……もしかして……?

オレは隣にいるヴィットリオさんをちらりと振り返る。彼が着ているのは、黒に近いチャコールグレイに趣味のいいペンシルストライプが入ったダークな色味のイタリアンスーツ。アイロンのピシリとかかった白のワイシャツに、彼の瞳の色とまったく同じ青みを帯びたエメラルドグリーンのネクタイ。

……印象は全然違うけど、組み合わせだけ見たら、ヴィットリオさんがいつも着ている物と、すごく似てる……?

オレは思い、そして彼のプレゼンボードを見て、愕然《がくぜん》とする。

……似ている……。

彼のプレゼンボードは、ヴィットリオさんのデザインにものすごく影響を受けたものだった。まるでヴィットリオさんの既存のデザインのバリエーションみたいなものばかりが並び、ほかのデザイン事務所のメンバーだけでなく、クライアントである大手建築会社の人達までも困惑した顔をするほど。プレゼンに勝ったのは、もちろんヴィットリオさんだったけど……オレはものすごく複雑な気持ちで、プレゼンを終えたんだ。

「コウタロウ、私とヨシノは、社長に挨拶をしてくる。以前からお世話になっている人なんだが……」

プレゼンボードをまとめているオレに、ヴィットリオさんが言う。少し心配そうな顔で、営業部の人と話をしている鴨田さんのほうに目をやる。

「……君だけを残していくのは心配だな」

「大丈夫です、どうぞ、行ってらしてください」

オレが言うと、ヴィットリオさんはまだ心配そうな顔で、

「それをまとめ終わったら、先に車に戻っていてくれ。すぐに行くから」

「解りました」

芳野さんも心配そうな顔で、

「……なんか言ってくるかもしれないけど、耳を貸さないように。気をつけて」

オレに囁《ささや》いて、ヴィットリオさんと並んで部屋を出て行く。オレはプレゼンボードをまとめてポートフォリオに挟み、近くにいた社員の人たちに挨拶をして、そのまま部屋を出ようとして……。

「光太郎くん」

廊下に出たオレを、鴨田さんが呼び止めた。オレはギクリとし、それから不自然にならないように必死で笑ってみせる。

「久しぶりだね、元気だった？」

「あ……はい。ありがとうございます」

「少しだけ話があるんだ。あれから、俺もいろいろ考えていてね……」

真面目な顔で言われて、断れなくなったオレは、歩き始めた彼の後についていく。

「……それに、君を手放したことを、ずっと後悔していて……」

彼は言いながら振り返り、いきなりオレの腕を掴む。そのまますごい力で男子用トイレに引きずり込まれる。

「は、離してください！」

オレは必死で暴れるけれど、どうしてもその手を振り解《ほど》けない。

「ヴィットリオには敵《かな》わなかったけれど、それはあいつにコネがあるせいだ。……今日、僕の実力を見てくれただろう？　そして惚れ直してくれただろう？」

顔を近づけられて、オレは思わず後退《あとずさ》る。

「君の気持ちはもうわかってるんだ。もう許してあげるから、僕のアシスタントに戻ってくれ。これ以上焦らすと、さすがの僕も本気で怒ってしまうよ？」

彼の、異様に思いつめた目つきが怖い。

「……嫌です。前にも言ったはずです。オレはもう……」

「……まさか、あの男に何かされたのか？」

鴨田さんの顔が、いきなり激しい怒りに歪《ゆが》む。高かった声が、唸《うな》るように低くなる。

「……まさか……あの男とセックスしたのか？　どうなんだ、言ってみろ！」

鴨田さんが言い、折れそうなほど強くオレの腕を掴み上げる。

「……いた……っ！　離してください……！」

「……好きなのか？　僕よりもあの男に心を移したのか？　ああっ？」

鴨田さんが恫喝《どうかつ》するように言い、それからオレの腕を掴んだまま、個室のほうに引きずっていこうとする。

「あの男と何をしたのか、全部教えてもらう。僕にも同じことをしてもらわなきゃいけない。あの男と、どんないやらしいことをしたんだ？」

「そんな……！」

鴨田さんに、オレは泣きそうなほどの嫌悪を覚えた。だけど……。

オレの脳裏に、ヴィットリオさんとキスをした夢を見たことがよぎる。

……オレは彼とキスする夢を見て、射精してしまった。こんなに尊敬しているあの人のことを汚してしまった。オレも、鴨田さんと同じなのかも……？

思ったら抵抗する力が一瞬だけ緩んだ。その隙に鴨田さんのがオレをグッと引き寄せ、そのまま個室に引きずりこもうとして……。

「やめてください！」

オレは必死で抵抗するけれど、彼の力は驚くほど強くて……。

「コウタロウに、何をしている！」

響いたのは、凛々《りり》しい声。呆然としてしまっていたオレはそこに立っていたヴィットリオさんの顔をみて、やっと我に返る。

「……ヴィットリオさん……！」

ヴィットリオさんはオレの腕を掴んでいる鴨田の手を見て、その顔に激しい怒りの表情を浮かべる。一気に駆け寄ってきて、鴨田の手首を力強く握り締める。鴨田は情けない悲鳴を上げて、オレの腕をやっと離した。

「いったい何をしようとしていた？　返答次第では……」

ヴィットリオさんの左手が、鴨田の襟首を掴み上げる。彼が右手で拳《こぶし》を握ったのを見て、オレは血の気が引くのを感じる。

……ヴィットリオさんは、世界的に名前の知られたデザイナーだ。しかもクライアントの会社で暴力事件を起こしたとなったら、仕事に影響が……。

「大丈夫です、ヴィットリオさん」

オレは慌てて叫び、ヴィットリオさんの右腕に必死ですがりつく。

「アシスタントを急に辞めたことで、少し叱《しか》られていただけなんです。だから、もう……」

オレの懇願に、ヴィットリオさんはやっと身体から力を抜く。そして鴨田の襟首を乱暴に突き放す。

「ゲホゲホ！」

咳《せ》き込みながらトイレの床に座り込んだ鴨田を見下ろし、厳しい声で言う。

「今後二度と、コウタロウの前に姿を現すな。今度はただではおかないぞ」

ヴィットリオさんは、オレの肩をしっかりと抱き締め、トイレを出る。近くの会議室から、この会社の社員さん達が驚いたように顔を出す。不審そうな顔で、

「あの……何か声が聞こえたようですが……？」

ヴィットリオさんはトイレのほうを振り返って、

「トイレで、誰か咳き込んでいたようですね。その声では？」

言ってそのままエレベーターホールに向かう。

「鴨田は、ずっと君のことをいやらしくぎらつく目で見ていた。その後で二人の姿が見えなくなったので、心配したよ」

その言葉に含まれた嫌悪の響きに、オレはなんだか泣きそうになる。

……鴨田さんがいやらしいのなら、ヴィットリオさんに欲情してしまったオレも、きっと

同じで……。

◆

彼はオレをタクシーに乗せ、家まで送ってくれた。オレはすごく嬉しかったけれど……でも、彼が部屋にいるだけで、なんだかおかしくなりそうだった。

「美術系の仕事をしている人間には、同性に恋愛感情を抱く人間も多いんだ。そして君はとても美しくて、とても目立つ。……これからはきちんと気をつけてくれ」

真剣な顔で言われて、オレはなぜだか胸が痛むのを感じる。

「ヴィットリオさんは……ゲイに偏見がある方ですか？」

オレの言葉に、彼は驚いた顔をする。

「すみません、オレ……」

オレは言葉を切り……それから思い切って言う。

「あなたこそ、気をつけたほうがいいです。あなたはとてもハンサムなだけじゃなくてどこか可愛くて、人を夢中にさせるんです。だからヘンな男にせまられるかもしれません」

オレの言葉に、彼はさらに驚いた顔をする。

「私に興味を抱く男？　そんな相手には心当たりがないが……」

「ここにいるんです」

オレは、なんだか泣きそうになりながら言う。

「ごめんなさい。あなたのこと、勝手に好きになってしまいました。もちろん、このことは忘れてくれていいです。でも、つらすぎるから、部屋にお呼びすることはできません」

「つらすぎる？　どうして？」

「こんな気持ち、報われないのは解ってるんです。なのにあなたがこんなにそばにいると、なんだか期待をしてしまうんです。もしかしたら、何かの奇跡が起きて、あなたが同じ気持ちになってくれるんじゃないかって……」

ふいに彼の美貌《びぼう》が近づいてくる。そのまま唇を唇でふさがれて、オレは呆然とする。

「鈍いのは、君のほうだ」

触れるような短いキスの後、彼が囁く。

「私がずっと前から君に夢中だったことを、今までわからなかった？」

オレはその言葉にものすごく驚いてしまう。

「部屋で二人きりでいる間、ずっと襲いかかりそうなのを我慢していた」

彼は言い、オレの目を真っ直ぐに見つめたままで言う。

「君の気持ちは、まだきっと憧れだろう。だが私は、ずっと前から君とセックスをしたいと思っていた」

彼の言葉に、オレは呆然とする。

「次に部屋に上げたら、君を抱くよ。……覚えておいてくれ」

彼は微笑んで、部屋を出て行く。その笑みがなんだか苦しげに見えて、胸が強く痛む。

……ああ、オレはどうすればいいんだろう……?

アラン・ヴィットリオ

……私はこの手で、あんなに優しかった日常を壊してしまった。

私はため息をつき、部屋の窓から見える東京の夜景を見下ろす。私の手の中のグラスには、ストレートのジン。こんな酒でも飲まずにはやっていられない。

……彼がとても純情な青年であることはよく解っていた。なのに……。

彼の「好きです」という言葉に、私は一瞬で我を忘れてしまった。彼の気持ちがただの憧れであることなど、最初から解っていたはず。なのに……。

我を忘れて奪ってしまった、キス。彼の唇はふわりと柔らかく、まるでほんの少しの熱で蕩けてしまう、甘いお菓子のようだった。

キスを奪われた彼は、案の定、呆然とするだけだった。口ではあんな情熱的なことを言いながら、きっとその先のことなど何も考えていなかったに違いない。

……今頃、彼は、私の言葉が理解できずに苦しんでいるだろうか？　それとも、ぶしつけなことをした私のことを、怒っているだろうか？

丘崎光太郎

次の日からも、ヴィットリオさんはまったく今までと変わらない様子で仕事をしている。だけどたまに気づくと彼はどこかつらそうな顔でオレを見つめてる。目が合うとふっと視線をそらされて……オレはどんどんつらくなる。

……前みたいに気楽な付き合いは、きっともう、許されないんだ……。

彼に告白し、逆に告白されてから……食べられないし、眠れない。このままじゃ何かがおかしくなりそうだけど、どうしていいのか解らない。

……ともかく、仕事だけはきちんとやらなくちゃ。彼に失望されるようなことだけは、絶対にしたくなくて……。

ブルル、ブルル。

オレのデスクに置いてある携帯電話が、振動を始める。オレはそれだけで、全身から血の気が引くのを感じる。

「光太郎、電話、鳴ってるぞ」

隣のデスクでPCを使っていた芳野さんが言う。オレは慌ててデスクに戻り、電話のフリップを開いて……。

……ああ、また……。

胃が、ギュウッと強く痛むのを感じる。オレは息をつめるようにして、携帯電話の電源を切る。

「何？　どうした？」

芳野さんが不思議そうに見上げてくる。オレは無理やり笑いながら、

「なんか、いたずら電話みたいです。最近多くて……」

彼はなんだか心配そうに眉を寄せて、

「顔色悪いぞ。何かあったんじゃないのか？」

「いえ、大丈夫です。仕事の大づめが近いので、ちょっと緊張しちゃってるかも……」

オレは言いながら電話を握り締め、そのまま廊下に出る。誰も使っていないミーティングルームに入り、そこで携帯電話のフリップを開いて……改めて青ざめる。

あの日以来、鴨田さんからの電話はさらに増えていた。留守電に入っているメッセージは、脅しの言葉や、媚びながら謝る声や、必死の懇願。全部で数百件にも上る。ずっと消音設定にして聞かないふりをしていたんだけど……今日は打ち合わせに出ているヴィットリオさんからの連絡が入るかもしれないから、バイブレーター機能をオンにしてしまっていて……。

……彼と自分が重なって、どうしても気の毒になってしまっていた。でももう、ダメだ。オレは思いながら、鴨田さんの携帯電話のナンバーを着信拒否にする。さらに彼の携帯メールのアドレスを呼び出し、受信拒否リストに入れる。

……プレゼンでヴィットリオさんに負けたのが悔しいのはわかるけど……鴨田さんには、オレなんかにかまっていないで、きちんと自分のデザインを追求して欲しいのに……。

ヴィットリオさんに負けたあのプレゼンの後も、鴨田さんはヴィットリオさんのパクリみたいなプレゼンばかりを続けているらしい。だから、彼の悪い噂は、業界どころかクライアントにまで広まってしまっている……と、芳野さんが教えてくれた。

……早くこうしておけばよかった。オレが中途半端に拒否していたから、鴨田さんはオレなんかのために無駄な時間を使うことになった。オレがきちんと拒否をすれば、きっと目を覚まして自分のデザインをすることに戻ってくれるはずで……。

思いながら携帯電話をポケットにしまおうとした時、それが再び振動を始めた。オレは驚いて携帯電話を落としそうになり、慌てて持ち直す。

……鴨田さんからの電話はもう拒否したじゃないか、落ち着け、オレ……。

オレは深呼吸をし、それからフリップを開く。液晶画面に表示されていた名前を見て、胸がズキリと痛むのを感じる。

……ヴィットリオさん……。

表示されていたのは、彼の名前だった。胸が痛くて、でも彼の声が聞きたくて……オレはもう何も考えられなくなって、通話ボタンを押す。

『……コウタロウ』

聞こえてきた声がとても疲れているように聞こえて、胸が締め付けられる。彼はオレと目をあわさないばかりか、だんだん憔悴《しょうすい》してきているようで、メンバー達もすごく心配していて……。

「はい、あの……今、どちらですか？　打ち合わせは……」

『打ち合わせは無事に終わった。だが……』

電話の向こうで、ヴィットリオさんが深いため息をつく。

『……君と、きちんと話がしたい』

彼の言葉に、心臓が大きく跳ね上がる。だって、オレは……。

ヴィットリオさんが部屋に来てくれなくなってから、オレはずっと寂《さび》しくて仕方がなかった。彼がここに来てくれたんだと思うだけで、部屋に帰るだけで泣けてくる。そして……。

……あれから、見る夢では、キスだけじゃなくて……。

オレはもう数え切れないほど彼とのキスの夢を見てしまってる。しかも夢の中のオレは、彼の告白に、「オレもあなたを愛しています」って答えて……そして……。

思い出すだけで、泣いてしまいそうだ。

夢の中のオレは、キスだけじゃなくて、彼に抱かれてしまっていた。彼はオレを抱き締め、あらゆる淫《みだ》らなことをさせ、オレは震えながら欲望の蜜《みつ》を放つ。その夢はとてもリアルで、オレは何度もその夢にイカされていた。そのたびに彼を汚してしまったような気がして……いつも激しい自己嫌悪に陥ってしまう。

……オレはやっぱり、彼に憧れているだけじゃないんだ。きっと、本当の意味で、彼の恋人になりたいんだ……。

『……私はもう、限界のようだ』

電話の向こうから聞こえるヴィットリオさんの声が、オレの胸をきつく締め付ける。

『君の気持ちを、きちんと聞かせて欲しい。そして、もしも私を受け入れられないのなら、きちんと拒絶してくれないか？　そうでないと、私は……』

彼が、震えるため息をつく。

『……あのカモタのように、君にしつこくつきまとってしまいそうだ』

「鴨田さんとあなたは、全然違います！」

オレは思わず声を上げてしまい……それからハッとして声を落とす。

「だって、オレは、あなたのこと……」

『私のことを、なんだ……？』

ヴィットリオさんが驚いたように言う。それからとても苦しげに笑って、

『君は、私のことをただの憧れの対象としか見ていなかったね。私が君に何を求めているかが解って、失望し、嫌悪しただろう？』

「そうじゃないんです。オレこそ、あなたに申し訳ないことをしてしまいました」

オレは、涙をこらえながら言う。

『申し訳ないこと？』

「はい。……オレが毎晩どんな夢を見て、どんなふうになっていたかを知ったら、あなたはきっとオレのことを軽蔑します。オレは、全然いい部下なんかじゃなくて……ものすごく、いやらしい人間なんです」

オレの頬を、涙が滑り落ちる。

「……あなたにとても淫らなことをされる夢を見て、何度もイッてしまいました。そんなに上品で紳士的なあなたが、あんなことまでするはずがないのに……」

電話の向こうで、彼が驚いたように息を呑む。オレはさらに泣いてしまいながら、

「ずっと憧れていたあなたのことを汚してしまった気がして……すごく申し訳なくて……だからもう、顔をまともに見ることもできなくて……」

『ちょ……ちょっと待ってくれ、コウタロウ』

電話の向こうの彼が、呆然とした声で言う。

『君は私を避けようとしていた。それは私のことを嫌いだったからではなくて……？』

「全然違います！　こんなに憧れているあなたのことを、嫌いになんかなれるわけがありません！　そうじゃなくて、本当のオレを知られるのが怖くて……」

『落ち着いてくれ、コウタロウ。いや、私も落ち着かなくては……』

彼は言い、電話の向こうで何度か深呼吸をする。それから、

『一つだけ言わせてくれ。怖がらないで聞いて欲しい』

彼の真剣な声に、オレは鼓動が速くなるのを感じる。

「は……はい……」

『多分、君が想像したよりもずっと、私の方がいやらしい。……というか、純情な君の想像の中の自分に負けることは、プライドが許さないんだが……』

「……え？」

『だから……』

彼の声が、ふいにとても低くなる。

『私がどんなにいやらしいか、そして君にどんなことをしたいと思っていたか……それを証明してあげるよ』

とてもセクシーな声が耳元で囁いてきて……身体の奥がキュウッと甘く痛む。

「……あ……っ」

身体が熱くなってしまいそうで、オレは慌てて自分の身体を抱き締める。

「……ダメです、そんな声を出されるだけで、オレ……」

『今すぐ、会社まで迎えに行く』

彼の低い声が、耳元で囁く。

『そのまま私のホテルに連れ帰り、私がどんなことをするのかを教えてあげる』

「……ん……っ」

オレは思わず唇を噛《か》んで、身体の奥から湧《わ》き上がる射精感をこらえる。こんな声で囁かれていたら、それだけで、身体がキャンディーみたいに甘くとろけてしまいそう。

『……いいね？』

低く囁かれて、オレはもう何も考えられなくなる。

「……はい……」

……ああ、現実の彼は、オレに、どんなことをするんだろう？

◆

彼の囁きだけで腰が抜けたようになってしまったオレは、とてもデザイン室に戻ることなんかできなかった。ヴィットリオさんはあれからすぐオレを迎えに来てくれたんだけど……彼に支えられてやっと歩くオレを見て、メンバー達がものすごく心配してくれた。どうやら頬が真っ赤だったらしくて、張り切って働きすぎて高熱を出したと思われたらしい。

オレを乗せた彼の車は、彼が長期滞在しているホテルに真っ直ぐに向かった。彼は車寄せで車を降りて、慣れた様子でベルボーイに鍵《かぎ》を渡した。

車の中で、オレ達は一言も言葉を交わさなかった。オレはその間になんとか少しだけ落ち着いた……はずなんだけど、車を降りようとして、いきなり転びそうになってしまった。

「うわ！」

「大丈夫か？」

彼の大きな手が、オレの肘《ひじ》をしっかりと摑まえる。よろよろしているのは寝不足がたまっているせいもあるんだけど……車という密室で感じてしまった彼のコロンがあまりにも芳《かぐわ》しくて、それだけでまた身体が甘くとろけそうになっていて……。

「大丈夫です、すみません。……あ……っ」

彼はオレの肩に手を回し、そのまま引き寄せる。オレは彼にしっかりと支えられて、自動ドアからロビーに入り……。

ドアが閉まる直前に、けたたましいブレーキ音が車寄せのほうから響いた。オレは思わず振り返り……そして斜めに停車したその車を見て血の気が引くのを感じる。

……古い型の、黄色のポルシェ・カレラ……鴨田さんの車と同じ……？

「ヴィットリオォオ――ッ！」

叫びながら車から転げ降りたのは……鴨田さんだった。彼はヴィットリオさんだけを見つめ、彼に向かって駆け寄ってきて……。

「おれがすべてを失ったのは、おまえのせいだぁッ！」

鴨田さんの手の中で、何かがギラリと光る。彼の手の中には、大きなサバイバルナイフが握られていて……。

ヴィットリオさんが、オレをかばうようにして前に立ちはだかる。

「だが、光太郎だけは、絶対に渡さないッ！」

鴨田さんが駆け寄ってくるのが、スローモーションみたいにゆっくりになる。鶴田さんが何かを叫びながら、ヴィットリオさんのお腹《なか》にナイフを突き立てようとして……。

「ヴィットリオさん！」

オレは世界が崩《くず》れそうなほどのショックを受けるけれど……。

「おまえがすべてを失ったのは、自分の責任だ！」

ヴィットリオさんが叫び、その長い脚で鴨田さんの腹に強烈な蹴《け》りを入れた。

「ぐぉわッ！」

鴨田さんが情けない声を上げて吹き飛び、床に転がる。ヴィットリオさんの手には、鴨田さんから奪ったナイフがあった。ヴィットリオさんはそのナイフを遠くに投げ、鴨田さんの襟首を持って引きずり起こす。

「おまえが、コウタロウをずっと尾行していたことはわかっていた。今度また彼に近づいたらおまえを殺す……そう言ったはずだな……？」

ヴィットリオさんが鴨田さんの顔を引き寄せ……そのままその頬に強烈な右ストレートを叩《たた》き込んだ。

「グウッ！」

鴨田さんが情けない声を上げて床の上を転がり、そのまま壁に激突する。完全に失神したように、そのまま床の上にダラリと長く伸びた。

「アラン！　俺達が拘束すると言っただろう？　まったく無茶をする！」

飛び出してきたスーツ姿の男性が、ヴィットリオさんに向かって叫ぶ。彼の後ろには何人もの制服姿の警官が従っている。

「刺されたらどうするつもりだったんだ？」

口調からして、二人は知り合いなんだろう。ヴィットリオさんは、彼の眉を寄せて、

「あの男の動きは最初から隙だらけだったし、ナイフを握った手は震えていた」

言ってから、怒りに燃える目をして振り返る。警官達に両側から抱えられ、引きずられるようにしてロビーを出て行く鴨田さんを睨《にら》む。

「あの男は、私のコウタロウにつきまとい、苦しませたんだ。本当なら、もっとひどい目にあわせてやりたかった」

吐き捨てるように言い、それから腕の中のオレを見下ろす。

「驚かせてしまって悪かったね」

呆然としてしまっていたオレは、その言葉にやっと我に返る。

「驚きます。当然です。だって、あなたが……」

ふいに視界が曇《くも》り、頬をあたたかなものが滑り落ちる。

「……あなたが、殺されちゃったんじゃないかって思って……」

「ああ……悪かった、コウタロウ」

彼はオレをしっかりと抱き締め、オレの髪に愛おしげなキスをしてくれる。

「泣かないでくれ。私が悪かった。いくらでも謝るから」

優しい声で囁かれて、なんだか違う涙が溢れそう。

……ああ、オレ、こんなに彼のこと……。

オレは自分の気持ちを、改めて確かめる。

……オレ、こんなに彼のことを愛してる……。

「彼はショックを受けている。詳しい事情聴取は、明日以降でもいいか?」

ヴィットリオさんが言い、オレは慌てて顔を上げて涙を拭う。

「いえ、すみません。オレ、もう大丈夫ですから……」

「無理はしないでいい」

ヴィットリオさんがオレを見下ろして言い、それからスーツ姿の男性に向かって、

「やはり明日以降に。これ以上、彼を疲れさせたくない」

その言葉に彼がうなずき、心配そうにオレを見下ろしながら、

「わかった。……では、明日の朝にでもまた……」

「朝はダメだ。夕方以降に。彼の様子を見て、都合のいい時間を連絡する」

相手は呆れた声で、

「……わかったよ。……パトカーで、彼を家まで送って行こう。おまえは早く部屋に戻って休めば……」

「私が送るから、余計なことはしなくていい。これはナイトの役目だ」

ヴィットリオさんの言葉に、彼はますます呆れた顔になる。それから内ポケットから名刺を取り出してオレにそれを差し出す。

「この男に何か意に染まぬことをされそうになったら、ご連絡を。私が、すぐに助けに行きますから」

「ええと……ありがとうございます」

オレはそれを受け取りながら、思わず笑ってしまう。

「でも、大丈夫だと思います」

オレの言葉に、彼は目を丸くする。それから動揺したように髪をかき上げて、

「ああ……なるほど。言うだけ野暮《やぼ》だったか……」

なんだかちょっとがっかりしたみたいに呟《つぶや》いてから、

「では、ゆっくりおやすみになってください。……おまえもゆっくり休め。こんな綺麗な子に、あんまり無理させるなよ」

言って、警官達のほうに戻っていく。

ヴィットリオさんが、オレの顔を真っ直ぐに見つめながら言う。

「怖かっただろう？　もしもゆっくり休みたいのなら、家まで送るから……」

「いいえ、帰りたくありません！」

オレは、思わず彼の言葉を遮ってしまう。ヴィットリオさんはうなずき、そしてオレの肩を抱いて、エレベーターに乗り込んだ。

彼が宿泊していたのは、ＶＩＰ専用のフロアだった。エレベーターホールにはカウンターがあり、そこにはフロントマンのほかに、いかつい警備員が常駐していた。しかもそのフロアには一つしか部屋がないらしく……彼はそこにある唯一のドアを開け、オレの肩を抱くようにしてそこに案内してくれた。

彼の部屋からは、とても美しく煌めく東京の夜景が一望にできた。オレはソファに座らされ、彼がいれてくれたあたたかなコーヒーのカップを握り締めている。

「カガワから、カモタの様子がおかしいことは聞いていた。誰かに電話をかけては『戻ってくれ』と懇願したり、罵倒したりして……最近では、事務所にすら出社して来なくなっていたそうだ。そしてその代わりに、うちの事務所が入っているビルの前でカモタの車が何度も目撃されるようになった。私の車が尾行されることもあったし、君の後をゆっくりとついていったこともあったそうだ。君は地下鉄を利用していたので、駅前までのようだったが……」

その言葉に、オレは改めて青ざめる。

「危険を感じた私は知り合いの警察関係者に頼んで、君をひそかに警護させていた。怖がらせたくなくて、言わなかったのだが……」

隣に座った彼が、オレを見つめて言う。

「証拠を集めてカモタを逮捕するつもりだったのだが、その前にこんなことになってしまった。……驚かせて、本当にすまなかったね」

そっと髪を撫《な》でられて、目の奥がキュッと痛む。そのままふわりと視界が曇って……。

「驚きました。だって、あなたに何かあったらオレ、もう生きていけない……」

「それが……この間の返事？」

彼の問いに、オレはうなずく。

「はい。オレの気持ちは……もう、ただの憧れじゃないみたいです」

彼は俺を真っ直ぐに見つめ動きを止め……それからふいに目を閉じて、ゆっくりと息を吐き出す。

「ああ……ずっとこの日を待っていたんだ……」

彼の言葉には何かの苦しみから解放されたかのような深い響きがあって、オレの胸が甘く痛む。彼はオレを真っ直ぐに見つめて、

「愛しているんだ、コウタロウ」

オレの胸が、さらに熱く締め付けられる。

「オレも……愛しています。ヴィットリオさん……」

彼はオレの身体を、その逞しい腕に抱き上げた。そのままベッドルームに運ばれ、オレは大きなベッドの上にゆっくりと押し倒される。

「……ん……っ」

端麗な顔が近づいて、唇にとても甘いキス。オレはそのキスに陶然として……。

「……んん……っ」

彼の手が、二人の身体の間に入り込み、オレの身体の上をゆっくりと滑る。

「……んっ！」

彼の指先が乳首に触れてきて、甘い電流が身体を走る。

……ああ、男なのに、こんなところが感じるなんて……！

とても恥ずかしいけれど……一度感じてしまったオレの身体はもう止まらなかった。

「……あ……あ……っ」

オレから深いキスを奪いながら、彼の指が、尖《とが》ってしまった乳首を愛撫《あいぶ》する。Tシャツ越しのそれがもどかしくて、でも、恥ずかしくて……。

「……あ……やだ……」

キスの合間に、唇から声が漏れる。自分のものとは思えないほど甘くて、オレは一人で赤くなる。

「……抱かれるのは嫌？　私は急ぎすぎているだろうか？」

苦しげな顔で見下ろされ、オレは慌ててかぶりを振る。

「そうじゃなくて……服のままじゃ……オレ……」

オレの言葉に、彼がとてもセクシーに笑う。

「脱がせて、そのまま奪って欲しいということ？　とても欲張りなんだな。だが……」

彼は顔を下ろして、オレの唇にチュッとキスをする。

「君の願いを、今すぐに叶えてあげよう」

彼の手が、オレの身体からすべての衣類を剝《は》ぎ取る。そして彼もすべてを脱ぎ捨てて、その彫刻のような身体を露わにし……。

彼の唇と指が、オレの身体の上をゆっくりと滑り、愛撫を始める。

「……あ……あ……っ」

彼の唇がオレの乳首にキスをし、彼の指が、もう片方の乳首をキュッと摘《つま》み上げる。

「……アア……ダメ……ンン……ッ！」

チュッと音を立てて乳首を吸い上げられ、乳首を揉《も》み込むようにされて、オレの腰がビクッと跳ね上がってしまう。

「……ダメ……そこ、ダメ……ッ！」

「ダメ？」

彼がオレの胸から顔を上げ、なんだかすごくイジワルな顔で微笑む。

「降参するのが早いんだな。夢の中では、もっとすごいことをされていたんだろう？」

その言葉に、オレは真っ赤になってしまう。

「……そ、それは……」

「夢の中の私が、いったい何をしたのか言ってごらん」

囁かれ、責めるように乳首の先にキスをされ、眩暈がする。

「……いえ……あの……」

「恥ずかしい？　そんなにすごいことをされていたのか？」

彼が顔をずらし、ちょっと怒ったような顔でオレを見つめる。

「少しも漏らさず、夢の中でされたこと、すべてを報告しなさい。これは命令だよ」

仕事中と同じ声で言われて、鼓動が速くなる。だって、オフィスと同じ凛々しい顔なのに、今は二人とも一糸まとわぬ裸で……。

「あの……」

オレは真っ赤になってしまいながら、彼に言う。

「……夢の中のあなたは、オレにキスをして……んん……」

彼の唇が、オレの唇にそっとキスをする。

「……あ……」

キスは何度も続き、力が抜けてしまった上下の歯列の間から、彼の舌が忍び込んでくる。舌を絡め合う深いキスは、夢で見たよりも百倍も甘くて淫らで……。

「……それから……？」

名残惜しげに唇を離し、彼が囁いてくる。

「それからあなたは、オレの服を脱がせて……」

「しまった、もうすべて脱がせてしまったな。それから……？」

「ええと……」

オレはさらに赤くなりながら、その先を言いよどむ。彼がオレの顔を上から覗き込んで、

「そんなに言いづらいこと？　私にいったい何をされたんだ？」

彼が言い、それからハッとしたような顔になって、

「まさか、手首をネクタイで縛られたり、目隠しをされたまま愛撫されたり、バスルームで泡だらけにされて後ろから……」

「そんな！　そんなこと、あなたがするわけがありません！」

オレは真っ赤になりながら叫ぶ。

「夢の中のあなたは、オレにキスをして、甘い声で『愛してる』って囁いて、オレの胸をシャツの上から触ってきて……だからオレ、それだけでイッてしまって……」

「コウタロウ」

彼が真面目な顔になって、オレを見つめる。

「君は私がそんなことをするわけがないと言ったが……さっき言ったことはすべて、私が実際に夢に見てしまったことだ」

その言葉に、オレはとても驚いてしまう。

「えっ？」

「君は夜毎に私の夢に出てきて、甘い言葉で私を誘惑した。私は我を忘れて、欲望のままに君を好きなようにしてしまって……」

「ええっ？」

「いやらしい私を、軽蔑する？」

真剣な顔で見つめられ、オレはそのまま自分の気持ちを検証する。

……たしかにとても驚いたけど……こんなに紳士的な彼が、そんなことをするところを想像してみると……。

「……っ！」

身体を甘い電流が駆け抜け、オレは思わず息を呑む。

……どうしよう、ものすごく……。

「どうした？　そんなに嫌？　それなら今夜は……」

とても心配そうに言う彼に、オレは大きくかぶりを振る。

「違うんです、オレ……」

オレは、脚の間の屹立《きつりつ》が熱く震えているのを自覚する。

「……とても……興奮してしまいました……」

彼は驚いたように目を見開き、それから優しい顔で苦笑する。

「いい子だ。本当の私は、もっともっといやらしいことをするかもしれないよ？」

「……あ……っ」

その言葉だけで、オレの屹立がまたびくりと震えて、先端から先走りの蜜が溢れる。

「それでも、我慢できる？」

耳元で囁かれて、オレは我を忘れてうなずく。

「……はい……オレに、あなたがしたいこと、全部してください……あっ！」

オレの言葉が終わらないうちに、彼の唇がオレの首筋に噛みつくようなキスをする。

「……んん……っ！」

そのまま唇が滑り、オレの乳首にキスをする。キュッと甘噛みをしてオレを喘《あえ》がせ、その隙に彼の手がオレの脚の間に滑り降りて……。

「……や……ダメ……ああ、ん……っ！」

彼の手が、オレの屹立をそっと握り込む。乳首を舌で愛撫しながら、彼の手が焦らすようにゆっくりと上下する。

「……ア……アア……ッ！」

オレはすべてを忘れてとろけそうな快感に翻弄《ほんろう》され、屹立を反り返らせて……。

「……ああ……ヴィットリオさん……！」

「ベッドの中では、名前を呼びなさい」

耳元で命令されて、眩暈がする。

「……アラン……」

「いい子だ。ご褒美に、欲しいものをなんでもあげよう。……言ってごらん？」

エメラルドグリーンの瞳に見つめられて、オレの最後の理性が吹き飛んでしまう。

「……あなたが……欲しい……あ……っ！」

オレの言葉が終わらないうちに、彼の腕がオレを抱き締めた。彼の美しい指が先走りでヌルヌルになった屹立を愛撫し、オレは我を忘れて放ってしまう。

「……あ……んん――っ！」

オレのむき出しのお腹に、熱い欲望の蜜が激しく迸《ほとばし》る。

「……く、ううう……っ！」

快感に全身を震わせるオレの両脚を、彼がゆっくりと押し広げる。蜜をすくい上げた指がオレのスリットに滑り込んで、オレの深い場所を探る。

「……あっ！」

彼の指先が、オレの隠された蕾《つぼみ》を見つけ出す。蜜を塗り込められ、花びらを一枚ずつ解《ほぐ》すように愛撫され、指を滑り込まされて……オレのそこが、甘くとろけて……。

「……ああっ！」

トロトロになったオレの蕾に、とても熱くて硬いものが押し付けられる。

……ああ、これが、彼の欲望……。

思っただけで、身体の内側から熱が湧き上がる。オレの蕾が誘うように震えたのを感じたのか、彼がその逞しい屹立をゆっくりとオレに埋め込んできて……。

「……ああ……アラン……」

最初はすごい圧迫感だったのに、浅く動かされて、だんだんとそれが快感に変わる。

「大丈夫か？　痛くないか？」

彼のいたわるような言葉に、オレはかぶりを振る。

「……痛くな……気持ちい……ああっ」

彼がオレを抱き締めて、激しい抽挿《ちゅうそう》を開始する。

「……アア……アア……すご……！」

オレは快楽の涙を流しながら彼の身体にすがりつく。彼はまるで獰猛な野生の狼のようにオレを貪《むさぼ》り……オレは快楽に震えて……。

「アアッ！」

オレの先端から、激しく蜜が迸る。

「……ンンー……！」

内壁が震えて、彼をギュウッと締め上げる。彼はオレの締め付けをものともせずに激しくオレを奪って……。

「……っ」

彼がセクシーに息を呑み、ひときわ深いところまでオレを貫く。

「……愛しているよ、コウタロウ」

彼が熱い声で囁き、ドクッ、ドクッ、と熱い蜜がオレの内壁に激しく撃ち込まれる。

「……んんっ！」

あんなにイッたのに、オレの先端から、またさらに蜜が搾り出される。

「……愛してます、アラン……」

激しい快感に眩暈を覚えながら、オレは彼に囁く。彼はオレに深いキスをして、

「初めての君に無理をさせてはいけない、わかっているのに……止まりそうにない」

囁かれて、オレの身体がまた熱くなる。

「……やめないで……もっとして……」

「いい子だ。その通りにしてあげるよ」

彼は囁き、オレをしっかりと抱き締めた。

「愛している、コウタロウ」

「愛しています、アラン」

そしてオレはそのまま朝まで熱く彼に抱かれ……彼のアシスタントから、彼の恋人になったんだ。

◆

「今回のデザインも、とてもいい」

ほかのメンバーがすべて帰ってしまったオフィス。オレがなんとか描き上げたデザイン画を見ながら、彼が満足げに言う。

「これなら、クライアントも満足してくれるはずだ。お疲れ様」

彼の椅子の脇に立ったオレは、ものすごく嬉しくなりながら、

「ありがとうございます。すごく頑張った甲斐《かい》がありました」

「そうだな。しかし……」

彼はデザイン画を置いて立ち上がり、オレの身体を抱き寄せる。

「君の恋人は、ひどい欲求不満に陥っている。もう十日もお預けにされたからね」

彼の美貌が近づいて、そのまま熱いキス。

「このままホテルに帰ろう。朝まで抱くから覚悟してくれ」

囁かれたら、オレはもう抵抗なんかできない。

恋人にはなったけれど、彼の仕事の厳しさは変わらない。でも、プライベートでは、彼はこんなふうにオレをめちゃくちゃに甘やかす。

オレは彼といるだけで、いつもキャンディーみたいに甘くとろけてしまう。

オレの恋人は、仕事ができて、ハンサムで……そしてこんなにセクシーなんだ。

あとがき

こんにちは、水上ルイです。初めての方に初めまして。水上の別のお話を読んでくださった方にいつもありがとうございます。

今回の『甘くとろける恋のディテール』は、有名イタリア人デザイナーのヴィットリオとデザイン事務所でアルバイトを始めた美大生・光太郎が主人公。デザイン業界が舞台です。いろいろと最悪なデザイナーのアシスタントになってしまった光太郎。しかしその才能に惚れたヴィットリオが彼をヘッドハントして……というお話。お仕事要素がちまちまと入っていますが、相手はイタリア人なのでいろいろと王道です（笑）。

私も美大生時代、表参道にある某イタリア人デザイナーの事務所でアルバイトをしていました。もちろんバブルははじけてましたが（汗）今と比べたらずっと景気のいい時代だったので、いろいろと面白い経験ができました。すごく華やかで、そして本当にいろいろな人がいました。お金持ち度は半端なかったし……あと、鴨田っぽい人もいました（あんなに悪くないので、ＪＤシリーズの田端さんくらい・汗&笑）。そしてイタリア人デザイナーさん達は本気で格好よかったです！　仕事はどんなものでも大変ですが、デザイン事務所のバイトも忙しくて大変でした。でもなかなか見られない世界を知ることができて、楽しかった思い出です（プレゼンテーションもやりました〜）。そして、いろいろとネタも仕入れさせていただきました（あの頃はＢＬも読んでいなかったし、まさか自分が物書きになるとは思ってもみなかったのですが。人生、なにが役に立つかわかりませんね・汗＆笑）。楽しく書かせていただいたこの一冊、あなたにもお楽しみいただければ幸いです。

今回、ついつい書きすぎてしまって本の折が増えてしまったのですが、その関係であとがきが三ページも！（汗・あとがき苦手）なので、珍しく近況など。

なんだかずっと仕事ばかりだったので、モチベーションを上げるためにも、今年の後半から来年あたり、ちょこちょこ新しいことをしたいなと思っています。もちろん仕事が第一なのでその〆切の合間を縫ってですが。手始めに、友達の作家さんと一緒に軽井沢に行ってきました。お互いに忙しかったので、なんと日帰り（汗＆笑）。軽井沢って、東京から新幹線ですぐなんですね。なんと一時間で着いてしまうという。あまりに近くてびっくりしました。久々にお会いできた先生といろいろおしゃべりしつつ軽井沢をぐるぐる歩き回ったのですが、お洒落な別荘がたくさん！　林の中に英国の洋館みたいな建物が建っていたりして、なかなかに妄想をかき立てられました（笑）。こんなことでモチベーションが上がるとは（笑）。今度はちゃんとホテルをとって、ゆっくり行きたいです！（〆切の合間に・汗）そのうちに軽井沢も登場させたいです。どこかの話で出てきたら、「あの時言っていたあれね」と笑ってください（笑）。

このへんで、今回お世話になった皆様に、お礼の言葉を。

麻々原絵里依先生。ご一緒できて光栄でした！　たいへんお忙しい中、とても美麗なイラストの数々を、どうもありがとうございました。都会的でハンサムなヴィットリオと、美しい光太郎にうっとりでした。これからもよろしくお願いできれば嬉しいです。

編集担当Sさん、Oさん、そしてルチル文庫編集部の皆様。今回も本当にお世話になりました。これからもよろしくお願いできれば幸いです。

そしてこの本を読んでくれたあなたへ。どうもありがとうございました。お楽しみいただければ嬉しいのですが。

そして、早いもので今年ももうすぐ終わり。本当にあっという間でした(汗)。来年も頑張る所存ですので、応援していただけると嬉しいです。

それでは、また次の本でお会いできるのを楽しみにしています。

二〇一二年　十二月　　水上ルイ

✦初出　甘くとろける恋のディテール……………書き下ろし

水上ルイ先生、麻々原絵里依先生へのお便り、本作品に関するご意見、ご感想などは
〒151-0051 東京都渋谷区千駄ヶ谷 4-9-7
幻冬舎コミックス　ルチル文庫「甘くとろける恋のディテール」係まで。

幻冬舎ルチル文庫
甘くとろける恋のディテール

2012年12月20日　第1刷発行

✦著者	水上ルイ　みなかみ るい
✦発行人	伊藤嘉彦
✦発行元	株式会社 幻冬舎コミックス 〒151-0051 東京都渋谷区千駄ヶ谷 4-9-7 電話 03(5411)6432[編集]
✦発売元	株式会社 幻冬舎 〒151-0051 東京都渋谷区千駄ヶ谷 4-9-7 電話 03(5411)6222[営業] 振替 00120-8-767643
✦印刷・製本所	中央精版印刷株式会社

✦検印廃止

ISBN978-4-344-82704-2　C0193　Printed in Japan